てげ、てげてげ
こちぼくじゃ

うつ病になった
ある大学教員の
ライフヒストリー

LIFE HISTORY

津谷 玄裕
TSUYA Genyu

TEGE,TEGETEGE

連作短編小説

てげ、てげてげ　こらぼくじゃ

目次

プロローグ

「てげ、てげてげ」で「こらぼくじゃ」な僕

p03
p16

「夜が怖い、寝入るのが怖い」

これは、うつ病の状態にある人たちの多くが抱く感情であるらしい。今の僕にもまさしくあてはまる。要するに、意味不明な悪夢の類に魘《うな》されることが苦しくて、怖くて、嫌でたまらないのである。

僕は、五十一歳の中年男性である。職業は某大学で教員をしている。専門の学問分野は体育学である。

僕は五年ほど前から、いわゆる、うつ症状が出始め、約一年前に心療内科の主治医から、明確にうつ病と診断された。

うつ症状の時分は、何となくやる気がでない、不安感や不信感を抱くことが多くなったなといった程度であったものの、うつ病と診断される前後の症状は、以前までとはまったく異なり、過度な虚脱感、怒り感情、性欲の減退…、あ、そうそう、極度の対人恐怖症の状態もあって、吃音《きつおん》（どもり口調）の症状が頻繁《ひんぱん》に出るようになってしまったな…。さらにはこれこそが深刻極まりないものなのだが、自殺願望が顕著《けんちょ》になってしまった。自殺願望とはつまり、現実からの逃避《とうひ》願望《がんぼう》と言い換えても差し支えない。

僕は、うつ病の山の頂点を迎えていたと思われる時分、三度の自殺未遂をしている。一度目は、自宅の寝室での就寝前、主治医から処方されていた睡眠導入剤をはじめとした薬の類をあるだけ飲んで、「このまま、朝を迎えることなくあの世に行ってしまおう」と思い決行した。翌日、なかなか起きてこない僕を心配してか、妻が寝室を訪れて来て、口から泡を吹いている僕を見、慌てて救急車を呼んでくれたようだ。救急隊員からの呼びかけに接し、僕は意識を取り戻したわけだ。「あーあ、死ねなかったのか…」と無念の思いに駆《か》られたものだ。二度目の決行は職場だった。研究室をそれなりにきれいに掃除し、簡単な遺書を書き、本棚の最上部にロープを括《くく》り付け、「輪っか」に首を入れ、足を乗っけていた椅子をガーンと蹴りつけた。一瞬、ふと、意識が遠のく感覚があった。しかし、その後すぐに、ロープを括《くく》り付けていた本棚自体がガラガランと前のめりになって崩れてしまいやがった。耐震補強のために本棚は金具で固定していたはずなのに、僕の体重でそれが外れてしまったわけだ…。失敗に終わった。大量の本の下敷きになった僕は思ったものだ。「くそ、軟弱な本棚めが…」と。あと一回は山中での首つり自殺を決行しようとしたが、それは見知らぬ老人からの抑止に遭遇《そうぐう》することになり、まさに未遂に終わった。そのことは、後で詳しく書こうと思う。この三回目の自殺未遂に纏《まつ》わるエピソードは、「無理して死のうと思わなくて良いのかもしれないな…」と思わせるきっかけにもなったわけだが。

　自殺に纏わる話しを少々長めに書いてきたが、正直、うつなる病がこれほどまでに苦しいものとは想像もしていなかった。要するに「生きていること自体が無意味に感じてしまうし、死んでしまいたいという欲求との戦いの日々」が続くのである。うつ病とはそういう病なのである（僕だけなのかもしれないが）。僕は今、全国に数多《あまた》いるというう病患者の一人となったわけであり、同じ境遇にある人たちの気持ち、というより、苦しさが心からわかるような気がしている。

僕がうつ病になった原因は、詳細には書けない、というより書くとつらくなるのでやめておくが、端的に言えば、「職場で生じ続けてきた過度なストレス」への対処が不能になってしまったことにある。

但し、僕のうつ病も主治医ならびに最も親しい友人の一人であり、同僚でもある人の存在もあって、徐々にではあるが、快方へと向かいつつある、と認識している。要は、僕を取りまく状況を客観的に見つめられるようになってきたような気がするし、これから書こうとしている僕自身のライフヒストリーを振り返ってみようともしているから。

僕は、宮崎県の出身であり、十八歳の時分、群馬県の前橋市で四年間、その後、大学院への進学を機に広島県で三年間過ごした。広島での「苦しかった」大学院生活の後、任期付ではあったものの、九州に戻り、福岡県の某大学の助手を三年間務めた。助手の任期が終わった後には博士課程に進学した。山口県で約半年間生活したが、そこでは諸事情が生じ、半年間で退学することとなり、再度、福岡に戻り、嘱託職員として市の体育協会職員を二年半務めることになった。そうこうしている中で、平成十三（二〇〇一）年から、現在居住している大分県に辿り着いたわけである。

こうやって、「現住所」の変遷を書き綴《つづ》っただけでも、僕は、まさに流浪《るろう》の人生を送ってきたのだなあと思ってしまう。思えば、故郷である宮崎県のことを心から愛してやまない僕ではあるものの、十八歳まで過ごした宮崎での生活よりも、大分県での生活の方が長くなったわけだ（今年で二十一年目）。「隣の県だから良いだろうよ」と思われるかもしれないが、隣の県であっても、九州内の県境には、少々大袈裟に書けば、「文化の違いを明確にするための関所」とでもいうべきものが存在しているのである…。このことは後で書くことにしよう。

僕が、うつ病になり、苦しんでいる状態は、先に「職場で生じ続けてきた過度なストレス」にあると書いた。しかし、それだけではなく、実のところ、僕は、うつ病になるべくしてなったのかもしれない。すなわち、僕の性質や性格、そして、僕自身のライフヒストリーに起因する点が大きい、という思いを抱くようになってきている。

これから後、僕のライフヒストリーを綴っていこうと思っているが、どうだろうか、同年代でうつ病になっている方々と、時に同調または共鳴いただける点があるかもしれないし、時に、「それは、あなた自身の性質と性格の問題だろ」という点の両面があろう。むしろ、後者の方が多いのかもしれない。

ストレス過多の社会情勢が問題視されて久しいわが国の事情を踏まえ、同じ境遇にある、もしくは、うつの予備軍とでもいうべき方々とともに、僕のライフヒストリーを一つの「物語」として世に問うてみたいとの思いで執筆を決心した次第である。

今の僕自身がまさにそうであるのだが、この「物語」の最後には、「なーに、たかが、うつ病じゃねえかよ！」との思いに至ってみたい。


ここで、タイトルに記した「てげ、てげてげ　こらぼくじゃ」の意味を解説しておこう。

「てげ」、「てげてげ」は、宮崎県人が多用する方言（宮崎弁）である。

「てげ」は、「とても」、「すごく」といった、いわゆる強調的接頭語の一つであり、一方で、「てげてげ」は、「適当な様」、「いい加減な様」等を意味する。「てげ、てげてげ」とはつまり、「とても適当な様」、「すごくいい加減な様」という意味になるわけだ。

「こらぼくじゃ」もまた、宮崎の方言であり、「これは、大変だ」という意味である。

てげ、てげてげな僕がこらぼくじゃと思ってしまっている今の様、タイトルの意味はそういうことである。

僕は、三十一歳のとき、今の職に就いたわけだが、そうだなあ、三十歳代の終わりぐらいから、仕事が楽しくてたまらない状態であった。僕の場合の仕事とは、研究活動、ことさらに、論文執筆に他ならない。「楽しくてたまらなくなった」契機もよく覚えている。親しい友人の一人であるかずし君に、一度だけ論文の添削（正確には指導に他ならない）をしてもらい、数多くの朱を書き込んでもらった。その一つ一つを加筆修正する作業を通して、僕は、論文の書き方が「わかった」というか、論文執筆の意味みたいなものがストンと腑に落ちたとでもいうべき感覚を抱いたのである。かずし君には、いまだにお世話になり続けているわけであるが、感謝の念とともに、いまは、うつ病になってしまったこともあり、申し訳ない気持ちしかない。

というわけで、三十歳代後半から四十歳代の半ばあたりは、論文執筆に没頭していたというか、査読（審査）付の学会誌に投稿し、査読（審査）者とのやり取りの中で、「おいおい、ちゃんと読めているのか？」といった自信に満ち溢《あふ》れていた。投稿する論文は、リジェクト（不掲載）になるはずなどないと絶えず思っていたものだ。そのような僕の研究に対する自信は、学生・大学院生指導においても向けられ、特に大学院生に対しては、修士号を取得する前には、「査読付きの学会誌に投稿すること」なる約束事を取り付けていたほどである。無論、大学院生だけで査読の学会誌に論文を掲載させることは多大な難儀《なんぎ》を伴う。しかるに、修士論文指導を兼ねて、僕自身も大学院生の論文作成に関わり、さらには、査読者とのやりとりの中に入り、援護射撃的に、「これこれ、こういうふうに修正を施し、査読者の意見に応えなさい」といった具合いで修士論文指導をしていたものである。いまにして思えば、まだまだ研究の「け」の字が少しばかりわかりかけたばかりの状態だったにもかかわらず、学生、大学院生、そしてなにより僕自身にプレッシャーをかけ続けていたように思う。

少々前置きが長くなったが、そのような生活を送っていた最中、時々、宮崎の実家に帰省をしていた。当時の帰省は、長くても二泊三日あたりが常であり、帰省の折にも、研究と論文執筆のことが頭から離れることなど無く、学術書を読み漁《あさ》っていたものである。

そんな状態にあった当時の僕に対し、母親は、つぎのような言葉を頻繁《ひんぱん》にかけてくれていたように思う。具体的な例文を記してみよう。

「そんげ、仕事のことばっかりてげなしよったらだめじゃが。頑張るときは頑張る、そんげじゃねえときは休む、そんげなふうに生活しちょかんと、そのうち、べらっするよ。こんげなこつじゃ、ぼくじゃが。てげてげぐらいが丁度いいとよ」

右記した母親の言葉は、あまりにもネイティブな宮崎弁であるからして翻訳が必要であろう。標準語に置き換えた場合、つぎのようなことを言っていたのである。

「そんなに仕事のことばかり考えているようではだめよ。頑張るときと休むときのメリハリをつけないと、そのうち、からだを崩しかねないわよ。こういう感じの生活を続けていたら大変なことになるからね。適当な気持ちで仕事をするぐらいが丁度いいのよ」

という意味なのである。母親は僕の生まれながらの性質や性格を熟知している人の一人だからこそ、心配の気持ちをこめて僕に注意を促してくれていたわけである。

今にして思えば、確かにそうである。当時の僕は完全にワーカーホリック（仕事中毒）状態であり、「仕事から離れたら、せっかく自分の中で獲得しつつある研究力が低下してしまいかねない」とばかり考えていたように思う。

昔の人たち（モーレツな経済成長を遂げていた時代）が使っていた言葉に準《なぞら》えれば、「月月火水木金金」の生活を全《まっと》うしてなんぼと思っていたし、事実、実践していた。

本書では、【なぜ、僕という人間はうつ病になったのか】という問いを立て、自身のライフヒストリーを考察してみようと思っている。その一つ目がここにあるように思えてならない。つまりは、その一として、「てげてげな生き方を幼少期からしてきた僕は、てげてげな生き方を完全に忘却し、『自分らしい』生き方をしていない時期を過ごしてきた」ことに起因すると思えてならない、のである。

「てげてげ」なる方言は、適当とかいい加減な様という意味合いを強くするが、それは決してネガティブな生き方を表現するものではなく、人としての本質的な生き方を表する言葉（方言）であるはずだ。僕は肝心要の故郷の言葉に含まれている、極めてポジティブな意味を忘れてしまっていた時期が存在したわけである。てげな恥ずかしいことだし、愚《おろ》かしいことだ…。


もう少しだけ、「てげ」、「てげてげ」、さらには、宮崎県人像について話しをしよう。

僕は、大学時代、高名な文化人類学者である祖父江孝男氏の「県民性―文化人類学的考察」なる書籍を読んだことがある。各都道府県人の気質が記されているが、もちろん、僕は真っ先に故郷宮崎県の頁を開いた。祖父江氏の宮崎県人評はつぎのような内容であった。


同じ九州でも、宮崎となると、他の諸県とはどうもいささか違うようだ。

ここでは積極性とか熱情性といった面が姿を消してしまって、

「消極性」という特質が、だれによってもかならず指摘されている。

一方ではノンビリしているという特色もあるから、この点は長崎県あたりに似ているのだが、九州にしては珍しく「弱気」とか「怠惰」などともいわれている。

それというのも、長いこと隔離されて孤立し、文化的にも低いところにおかれていたからだと解釈されるが、文化的に遅れていても、東北のようにそれを気にして、劣等意識をもつことはないようである。

この文章を読み、僕は、随分とご挨拶な解釈だなあと少々憤懣《ふんまん》やるかたない心情になった記憶がある。しかし、上述したような、僕も含めた、てげてげ気質に鑑《かんが》みれば、鋭く、明確な解釈であるかもとも思ったりしたものだ。と同時に、祖父江氏が解釈した宮崎県人評は、将来的に多くの日本人が希求してやまない憧れの気質（生き方）になるのではなかろうか、とそれは、今の僕が抱く「未来予想図」でもある。

「てげ」、「てげてげ」に話しを戻そう。

故郷を離れて早や三十有余年経つが、宮崎県人を自負する僕もまた、「てげ」、「てげてげ」という言葉は、幼少期からあたりまえのように聞いてきた言葉であって、なおかつ、頻繁に用いてきた。

要するに、「てげ」、そして「てげてげ」は、同じ「てげ」を単発で用いるか、連続して用いるかによって、意味がまったく異なることになる。

何故に「てげ（な）」なる言葉が方言として使われるようになったのか。同じ九州においては、

「てげ（な）」に近い表現として「たいがい・でたん・ばり等」（福岡弁）、「がばい」（佐賀弁）、「いっじ・やっちゃ」（長崎弁）、「たいぎゃ」（熊本弁）、「わっぜ」（鹿児島弁）、「てーじ・やっさー」（沖縄弁）、そして、「（しら）しんけん」（大分弁）といった言葉が存在する。

「九州男児」とか「九州人」とかといった表現が多用されるが、祖父江氏の「県民性―文化人類学的考察」にも示されてように、九州・沖縄の各県は、各々が独自の文化と風土を有しており、「仲間意識」というよりも、むしろ「激しいライバル関係」にあると言った方が正しい。但し、宮崎県を除いては、という注釈がつくのかもしれないが…。それこそが、先に述べた「文化の違いを明確にするための関所」と表現した九州における「県境」の意味に他ならないわけだ。

僕は、高校生のとき、親友のひさし君とともに、一度だけ宮崎交通の定期観光バスに乗車したことがある。宮崎市街地から国道二二〇号線を南下し、青島なる景勝地を左に見、その後、堀切峠を登り切ったところで、太平洋の絶景が目に飛び込んでくる。バスガイドさんが名句調かつ伝説的なガイドを始める。曰く。

「左手に見えてまいりましたのが太平洋でございます。今日は見えませんが、この海の先がアメリカでございます」

車内は笑いに包まれる。バスガイドの先生的役割を担っていたという、ひさし君のお母さんが現役の頃にも同じことを言っていたらしい。要するに、宮崎県人は、九州の東西南北の「東」しかみておらず、大袈裟に言えば、他の七県のことは「どうでもよかった」のかもしれない。かといって、アメリカとの交流があったわけでもないと思うのだが…。さて、現在も定期観光バスでは、同様のガイドが継承されているのだろうか。少し気になってきた。そもそも、まだ定期観光バスは存続しているのであろうか…。

僕は、故郷を離れて以来、地元の方言である「てげ」、そして「てげてげ」という言葉の出自《しゅつじ》が気になり続けていた。

故郷を離れて随分と時間が経ち、いい大人になってからのこと。宮崎県北部のとある小さな居酒屋の店主と「てげ」論で盛り上がったことがある。店主はつぎのような論を主張してきた。

「『てげ』という方言はどうもハングル文字から来ているらしいとですよね。ハングル文字に『てげ』と発音する言葉があって、その意味がどうも宮崎弁で使う『てげ』と一緒なんですわ。昔々、いつごろのことかはよくわからんとですけども、宮崎は、何らかの形で朝鮮半島との交流があったとかもしれんと思うとですよね。他にも宮崎弁の『こら、ぼくじゃ』

に近いハングル文字もあるそうですわ」

「ほー！　それはおもしろい！」と思ったものである。しかし、その真偽《しんぎ》について調べることはまだしていない。同僚の韓国人に尋ねてみてもよいのだが、それは未だにやっていない。要は、事の真偽は別として、それはそれでおもしろい店主なりの考察として受け止めているし、そういった歴史が存在している可能性も信じたいようにも思っている。

要するに、多くの宮崎県人、そしてその一人である僕は、てげ、てげてげな生き方をしてきたし、している。但し、終生、宮崎県だけで生活することにはならなかった僕の半生においては、てげ、てげてげが、性質と性格の基礎にあるおかげで、数々の波乱万丈に接してきたように思えてならない。そしてまた、「うつ」になってしまった今の僕もまさにそうで、「こらぼくじゃ」の状態にあるといってよいのだろう。

地元をこよなく愛する僕としては、「てげてげでは世の中を生きていくことは難しいのかもな…」という思いと、「いやいや、てげてげこそ、僕の生き方の神髄《しんずい》。それを無くしたら、僕は僕でなくなってしまう」という、いわば生き方をめぐる葛藤に苛《さいな》まれることが、これまでの人生で幾度となくあった。嗚呼、めんどくさい人生を送るはめになってしまったものだ…。

第一編

うつ病になった今の僕の実際

p17 → p38

本書の問いである、【なぜ、僕という人間はうつ病になったのか】の二つ目の理由、というよりも核心的な理由を書きたいと思う。それは、「職場における僕の業務上のミス」が問題視されることになり、そのせいで、過度なストレスを蓄積することになったことに起因している。そのストレスは、日に日に増幅することとなり、結果的にはうつ病の診断結果を受けることになった、というわけである。

ただ、こうやって、自らの今と、後に記していくことになる僕自身のライフヒストリーといった文章は不思議と書けている。うつ病になって以来、新聞はもとより、本、漫画の類がまったく読めなくなった。文字を目で追おうとするだけで、苦しくなってしまう…。しかし、自分でワープロを使って文字を書くことだけはできている（手書きだと手が震えてしまい、幼児が書くような文字になってしまうのだが…）。

僕が、心療内科を受診し始めて約半年が経過したころの出来事である。僕は、先に記した三度目の自殺未遂をしてしまった。「未遂」であるからして、今の僕がいるわけであるが、その行為をめぐっては、いささか思うところがある。以後書き綴っていくことになる僕自身のライフヒストリーに鑑みたとき、今までずっと僕という人間を押し殺してきた僕は、いずれ僕自身を殺すことになるであろうと思ってきた。そしてそのときが来たわけだ。しかし、この自殺未遂をめぐっては、少々不思議な感覚というか、思いを巡らすことになった。事の詳細を紹介してみよう。

このご時世（コロナ禍）ということもあり、オンラインでの授業をこなした後、僕は、極度の虚脱感に襲われてしまった…。どれぐらいの時間が過ぎたときのことであろうか、僕は突発的に「山に行こう」と思い立っていた。

僕は、数年前までキャンプ実習を担当していたので、そのとき用いていた適当なロープを持って、勝手知ったる山の袂《たもと》にある駐車場をめざしていた。その後、スーツのまま、ロープをポケットに忍ばせて登山道を歩き、「しかるべき場所」をめざし始めた。

僕が思っていた「しかるべき場所」が近づき始めたとき、下山してきた、歳の頃は七十歳ぐらいの老人とすれ違った。通常、登山者同士はすれ違いざまに挨拶をすることが常であるが、そのときの僕は挨拶もせず、また、老人もちらと僕に目をやり、黙って下山していったようだった。何分後ぐらいだったのだろうか、よく覚えていない。その老人が僕の肩を叩きこう言った。

「一緒に下山するばい」

ただ、それだけだった。なぜだろう、僕はそれに従い、老人の後を歩き、下山し、車を停めていた場所に辿《たど》り着いていた。その老人は僕を見ることもなく事も無げに言うのである。

「まだ、死なんでよか。これからなんとでもなっさね」

とだけ言い残し、去って行った。言葉、それに車のナンバーから、長崎の佐世保近辺の人だということだけわかった。僕は、返事をするわけでもなく、佐世保ナンバーのクラウンのテールランプを眺めつつ、ようやく我に戻った。夕方近い時間帯、スーツ姿のいい歳の男が一人で登山道を歩いている様は、どう見ても不自然であって、老人は、僕を抑止してくれたのだ、ということに、そのときようやく気が付くことができた。

僕は、いわゆる、霊感が強いという人の言葉をあまり信用してこなかった。自殺未遂の数日後、僕は、ある人からある人を紹介され、お会いすることになった。そして、こう言われたのである。

「あなたは死のうと思っていますね。すでにそれを実行しようともしてきた。でも、死ねなかった。当たっているでしょ。あなたの背後には守護霊がたくさんいらっしゃるんです。いまもそう。私にはみえるのです。あなたはお墓参りとかまめにしていますね。その人たち（故人）がみんなあなたを守っているのです。何かつらくて、苦しいことがありますね。それを客観的な自分で表現してごらんなさい。例えば文章、本を書いてみるとか。あなたは、五十四歳の年に大きな転機を迎えます。それまでは、いや、それからもまだまだあなたは死のうと思っても死ねないのです」

だからというわけでもないのだが、試しにこの文章を書いてみるかとの思いに至ったわけだ。「あなたは死のうと思っても死ねないのです」かあ…、一瞬ではあるが、僕は「そら、困ったな…」と思ったものである。生きたくても生きられない（生きたくない）、死にたくても死にきれない、これが僕という人間を取りまく性《さが》なのか、運命めいたものなのであろう。

ここからが不思議な話しというか、運命めいたものを感じさせるエピソードとなる。

僕の研究室の机の中にはある封書が入っている。僕の祖父が生前、戦地（大連だったと聞いている）に向かう前に、祖母、そして生まれたばかりの僕の父親宛に送った手紙である。

いつぞやか、もう十年ぐらい前のことであろうか、盆に宮崎へ帰省した際、父親と二人きりになる場面があった。その折、父親が徐《おもむろ》に、神棚の引き出しから持ってきた手紙の中の一つである。僕の父親さえ、記憶にない祖父からの手紙に接し、僕は一瞬、背筋が凍る思いになったことを明確に覚えている。と同時に、「これは、おれの存在証明書だ」とも思えた。思わず、「お父さん、この中の一通だけでいいから、おれにちょうだい」と頼んだ。父は、「いいよ。どれでもいいからもっていきなさい」と快諾してくれた。その差出元、すなわち、祖父が日本から戦地へ出兵する前に住んでいたところが佐世保だったのである。なんという偶然なのか…。あのとき（自殺未遂）、下山を誘《いざな》ってくれた老人は、いや、あの老人の魂には、僕の祖父の魂が一時的に乗り移っていたのではなかろうか、と思えてならなくなった。僕は、仕事等で九州内のあらゆる地（市町村）に行っている。しかし、どういうわけか、未だに佐世保の地には足を運んだことがない。祖父が「じいちゃんがおったところに来るタイミングは今ではないよ」と言っているのかなあ…。

ここまで書いてきただけでも、僕は、今まさに、僕自身が試されているように思えてならない。てげ、てげてげと育ってきた僕は、この先どうなるのだろうか。正直に書けば、僕はまだ、過度なストレスから解放されていないし、また、どういうわけだか、多大な怒り感情、さらには、絶望感と戦いながら、今という時間を過ごしている。繰り返しになるが、そんな苦しさから逃げ出し「死んでしまいたい」という願望も未だにすべては拭《ぬぐ》いきれていない。しかし、こうやって、文章を書いている。文章を書いているときの僕は、悦《えつ》に入っているとでもいうか、鬱《うつ》に対して躁《そう》の状態とでも言うべきなのか、とにかく、集中して没入できている。なぜなのだろうか…。

つまりはだ。うつ病とは、その人が有している甘え（僕の場合、「てげてげ」な生き方）と、現実に起こってしまった、その人を取りまく苦行とが運悪く（運良く？）重なり合ったときに生じる、いわば、「そのひと試し」の側面を有しているようにも思えてならなくなっている。無論、医学的な学説とはまったく異なるのであろうが、現実にうつ病と診断された身からすれば、そんなふうに思えてならない。

ついでなので、もう少しうつ病になった人間でしか、経験・体験することがないであろうと思われる事柄を紹介しよう。端的に書こう。睡眠障害との戦いの日々に他ならない。僕は、主治医から睡眠導入剤をはじめとした各種の処方薬をもらっていて、就寝時には毎日服用している。しかし、いわゆる熟睡できる日はほとんどなく、ほぼ毎日、何らかの夢を見ては起きてしまい、ときには寝汗で寝間着を替えなくてはならないほどの悪夢に遭遇してしまっている。

悪夢のほとんどは、起きたら内容を覚えていないことが常なのであるが、明確に記憶している内容の一つを紹介してみようと思う。繰り返すが、あくまでも悪夢？（それとも愉快な夢なのかも？）である。

ひととおり通夜のセレモニーが終わった。誰の？　僕自身の通夜である。いわゆる、三途の川を渡った折、「管理官」らしき御方に説明を受けた。

「お通夜、お葬式までの時間は、遺影の中に魂があって、参列者をはじめとしたすべての人たちの声、表情、場合によっては本心まで知ることができます。通夜が終わった後の控室に遺影を持って行ってもらえれば、そこでの会話や風景もしっかり全部把握できます。但し、火葬が終わるともうそれも終わり。『生きている人たち』の声に接することができる機会は、墓参りに来てくれたとき、それとお盆の期間に限られます。なんと申せばよいのやら、よくぞこちらの方にお越しくださいました」

僕の死因は自殺なので、死後の魂がどのような境遇に置かれてしまうのかはわからない。いわゆる、天国なのか地獄なのか…。「管理官」からは、そこまでの説明はなかった。確かに通夜の風景と参列者の言動はしっかり把握できた。ただ一つ、飾り付けてある職場からの花輪だけは撤収して欲しいと思っていた。

自殺は職場の屋上からの飛び降り死。高さが足りなかったのであろう、しばらくは激痛が走ったがまもなく、意識は無くなった。要するに死ぬことができたのである。無意識かつ突発的な自殺行為であったがために、遺言は一言、「もう疲れました。もう無理です。申し訳ありません」とだけ記し、職場の机に置いておいた。

そんなわけで、飛び降り自殺をするまでの過程さえ、よく記憶していないのである。まあ、それはそれで仕方がない。終わったことだから。

通夜には、当然のことながら、両親、家族、親戚、そして数多くの友人が来てくれていた。両親よりも先に逝くことに対する申し訳なさが無くもなかったが、そんなに遠くないうちに、父母ともに同じ墓の中で会うことになるし、そのときに、お説教を受けるわけでもないはずであろう。むしろ「再会」を喜び合うことになるはずだ。そこは、てげてげに考えておけばいい。そしてまた、家族（妻、娘、息子）は、僕の存在が現世から無くなることで、特に子どもたちは各々、何かを感じ、自覚に満ちた生活を全《まっと》うしてくれることであろうと信じたい。しかし、「究極の他人」である妻には申し訳ない気持ちでいっぱいである…。面倒くさい僕との関係が無くなり清々《せいせい》する部分もあるにはあろうが、残された子どもたちの自立のために、獅子奮迅《ししふんじん》してくれることになるのであろう…、から。とはいえ、恋愛の末に夫婦となり、家庭を築き、ともに悪戦苦闘の生活を共有してきた身からすれば、やはり妻に対しては、てげな申し訳ない気持ちになってしまう…。

通夜が終わり、参列してくれた人たちは控室に移動し、一息ついている。無論、一息などつけるはずもなく、憔悴《しょうすい》している母親の姿を見ると胸が痛んだ…。こんなときこそ、ますおおじちゃんの出番である。遺影から眺めていた僕は「きたぞ！」とほくそ笑むことになる。

「皆さん、今日は故人、玄裕のために集まってもらってありがとうございます。おじき筋にあたる津谷ますおと申します。故人の両親に代わって、まずはここで御礼申し上げます。うちの家系は神道《しんとう》です。故人玄裕は神様になるわけで、それはある意味めでたいことでもあるとですわ。神様になる、いや、なろうとしている玄裕を懐かしみつつ、そして立派な神様になるべく送ってやってください。まさみ（僕の母）！　みんなが飲み食いできる準備を早くせんか！　ビールやら焼酎やら、てげなもってこい！」

しかし、憔悴しきっている母親は、そのことに応えられない。

しかたなく、ますおおじちゃんの奥さんのせつこおばちゃん、本家のみずえねえちゃん、それに僕の妻と妹のあさこ、さらにはなんと僕の娘もまた、その手配と接待に奔走《ほんそう》しているではないか。無作法な育て方をしてきたことを後悔してきたが、大学生になった娘もまた、一端《いっぱし》の大人の立ち居振る舞いができるようになったのかと思うと嬉しかった。

父親は無口で、また、なにも食することなく、その場に佇《たたず》んでいたが、しばしの時間が過ぎてからは、唯一、僕の友人たちにだけ、「来てくれてありがとうございますな…」と挨拶に回っている。思えば生前、父親は、僕が何人もの友人を代わる代わる家に招くことがたまらなく好きだったようで、場合によっては飲めない酒の席にニコニコしながら付き合ってくれていた。

ますおおじちゃんは、僕の友人たちが集まっている場所に足を運び、「今日は遠くから来てくれちょる人もおるっちゃろ。ありがとうな。都合が付けば明日の葬儀まで出てやってくれんかね。

泊まるところはおじちゃんがホテルをとってやるから。ここに泊まってもらってもいいとぞ。斎場の奴にはおれが言うてやるから」と言っていた。

結局、十数名の友人が斎場にて一夜を過ごしてくれた。仕事・移動で疲れ果てた身、深夜まで慣れない「ツーフィンガーの焼酎」（ますおおじちゃんのワンフィンガーとツーフィンガーは人差し指と中指を横にして焼酎を入れるのではなく、縦向きのフィンガーであり、ワンでもツーでもほとんど生（き）に近い…）。

「おじちゃん、これ、ほぼ生（き）なんですけど」

と高校時代からの親友のひさし君。

「そうや？　二杯目からは自分たちの好きなように飲め。基本はツーフィンガーぞ！」

とますおおじちゃん。

ひさし君は高校時代からの親友の一人である。遺影の中から僕はひさし君の本心を読み取っていたものだ。「つやちゃんって、おれだって仕事で管理職をやることになってストレスが溜《た》まることがやまほどあるっちゃじ（あるんだよ）。なんか、おれ、羨《うらや》ましいじ。死んだらもうストレスと対峙《たいじ》する必要がねえもんね。それによ、つやちゃんが残していた仕事は、おれとは違って活字があるやない。津谷玄裕という存在証明はこれから高まるはずよ。それもまた、おれにとっては羨ましいとよ」と思っていたなあ。

親友であり、盟友でもあるかずし君は怒っていた。他の友人たちとの手前、焼酎こそ少々飲んではいたものの、時々、僕の魂がある遺影に目を向けては、「あんたはおれとの約束を破ったたっちゃけんね！　何が何でも、恥ずかしい思いをしてもなお、生き続けるって約束したやろうもん！　なんね、あんた一人逝ってしまって。もうしかたがなか。それにしてもなんね、なんでおれに最後の相談ば、せんやったとね！」。遺影の中の僕は、ただただ「ごめんね…」と応えていた。

同級生で学生時代からの親友である嘉納君と森保君は少々異なる思いで僕の遺影を眺め続けていた。まず、嘉納君はといえば、「疲れたんだな…。再会するたびに、おれは津谷がどんどん凄い仕事をし始めることに感心しきりだったよ。思えば、おれという存在もまた、津谷にとっては、ときにプレッシャーの対象になっていたんだろうな。すまなかったな。ゆっくり休めとは言わない。ずっと、おれたちのことを見ていてくれな。助けてくれることができるのならば、ときにはおれたちのことを助けてくれな」。僕は、「逆に気を遣わせてしまっているな」との思いで辛い思いを強く抱くことになってしまった。対して森保君は、「良き人生だったじゃねえかよ。二人でよく言っていたよな。高杉晋作の句。『面白き　ことも無き世を　面白く』ってさ。高杉もまた志半ばにして若くして死した人物、あんたと同じじゃんかよ。おれがその思いを、いや、今の若者たちを率いて引き継いでいくよ。まあ、一服してくれや」と言って、森保君が「ふーっと」一服したたばこを棺の中の僕の口元に捧げてくれ、灰が伸びる度にそれを灰皿に落としつつ、最後まで吸わせてくれた。うまかったこと…。

あと一人、先輩であり、「兄貴」と慕ってきた仁志さんもわざわざお通夜の後まで残ってくれていた。前記してきた同級生の親友たちと会談した後、僕の遺影の前に来られ、皆に聞こえる声で一言。「やっぱりやってしまったか。しかたなか」。思えば、うつ病になって以来、仁志さんには何度も励ましの電話をいただき、昔話で盛り上がることもあったし。ときには「うつ病」との対峙の仕方等々、助言をいただくことも多々あったものである。仁志さんの心の中は先に書いた一言とは少々異なるものであった。そのことを知ることが僕には辛かった…。「津谷、おまえはおれの弟と思っとったとばい。弟が兄貴よりも先に逝くちゃどういうことよ。おい（おれ）は、おまえに伝えとかんといかんことがまだまだやまほどあったとばい。ぬし（おまえ）は大学人で世間知らずやけんね、世間とはこんな動き方をしとるとぞとか、人生とは楽に、おまえんところの方言で言えば、てげてげぐらいが丁度よかとぞ、とか言うて聞かせようと思っとったばってんが、ぎゃんして（こんなふうにして）死んでしもうたら、何もしてやれんやろうが。よかか、おまえの魂がまだそこにあるとなら、おじちゃん（父）、おばちゃん（母）、そして奥さんに対して、申し訳ありませんでしたって言い続けよけ。わかったか！」であった…。禁煙して久しい仁志さんもまた、僕の愛煙していたたばこではなく、仁志さんが愛煙していた「キャスター」を手向けてくれた。これもまた、殊《こと》の外《ほか》「うまかった…」。

そんなこんなで、ひとしきり、みんなが僕に纏わる思い出話に花を咲かせてくれていた。「それは違うよ」と反論をしたくても、遺影の中の僕にはそれができない。それもまたよし、であった。皆、疲れ果てて寝入る姿を僕は朝までずっと眺めていた。

翌日の葬儀は、いずれのご弔辞を聞いても僕にとっては、反省の気持ちでいっぱいであり、また、申し訳なかった。涙を流してくれている人たちも大勢いたが、遺影の中にいる僕は涙という代物が出ない感情であるようで、繰り返しになるが、ただただ、反省の気持ちと申し訳なさを抱きつつ出棺を待っていた。

二十年近く喫煙をしていなかったかずし君、そして、十年ほど前で禁煙？　してから酒の席でのもらいたばこが専門の森保君をはじめとした複数の友人が線香と一緒に、僕が愛煙していた「メビウス10mg」を手向けてくれた。これまた、うまかった…。

火葬は熱くもなんともなく、真の意味での熟睡、そうだなあ、生前二度ほど経験がある外科手術前の麻酔注射を受けて「落ちていく」感覚に近かったように思う。それも無事に終わり、僕は実家の神棚へと帰することとなった。四十九日が過ぎたら祖父母等、先祖がいる墓地に入ることになる、というわけである。

もうみんなのことは見えないし、声も聞こえない…。「なんとなく、誰かがいるなあ、それに僕に何かを訴えているなあ」という「気」を感じる程度である。

　これが死ぬということである。生きることだけがすべてではない。死してなお、人はその存在証明が可能となるのだなとさえ思えてならない。より良き存在証明を、生きている人たちに残そうと思えば、それなりの良い仕事をしておかねばならないわけなのであろうが、僕にはその類がまったくと言ってよいほどない…。てげ、てげてげな仕事をしてきた僕には、後世、特に子どもたちに自慢ができるような仕事を何一つ残すことができなかった。


　以上が、明確に記憶している悪夢？　の具体的な内容である。お通夜、葬儀、火葬、それにあの世の真相は、もちろん今の僕にはわからないが、大方、前記してきたようなものなのであろう。

　今を生きている僕は、はたして「本当に死にたい」と思っているのか、それとも、「生き永らえたい」と思っているのか、正直わからなくなった悪夢？　であった。そうだなあ、おそらくは後者のそれであるのだろう…。というのも、僕はこれまでの人生の中で「生」に纏わる言葉に接するたびに、感動にも近い思いを抱いてきたからである。その一つが、映画「男はつらいよ」のワンシーンにある。

　苦しい生活を送っていた大学院一年生の冬の寒い日のこと、レンタルビデオ店で借りた、映画「男はつらいよ　第三十九作目『寅次郎物語』」のワンシーンは、今でも「なるほど『生きる』ということはそういうことなのかもなあ」と感じ入った内容である。
それは、主人公寅さんの甥っ子である満男が、伯父さんの寅さんとやりとりするものであり、僕の心の琴線《きんせん》に触れるものであった。忠実に紹介するために、中古のＤＶＤを買ってきて、そのシーンを文字起こししてみた。

満男　「伯父さん」
寅さん　「何だ?」
満男　「人間てさ」
寅さん　「人間?　人間がどうした?」
満男　「人間は何のために生きてんのかな?」
寅さん　「何だおまえ、難しいこと聞くなあ、ええ?（しばし考える）」
寅さん　「うーん、何て言うかな。ほら、ああ、生まれてきてよかったなあって思うことが何べんかあるじゃない、ね。そのために人間生きてんじゃねえのか」
満男　「ふーん」
寅さん　「そのうちお前にもそういうときがくるよ、うん、がんばれ、なっ」

（山田洋次監督／昭和六十二年十二月公開／男はつらいよ第三十九作目『寅次郎物語』より引用）

寅さんが満男の問いに応えた言葉――「ああ、生まれてきてよかったなあって思うことが何べんかあるじゃない、ね。そのために人間生きてんじゃねえのか」は、秀逸《しゅういつ》なものであると思えてならない（正確に言えば、山田洋次監督が紡ぎ出したセリフなのだが）。当時の僕は、ただただ、どういうわけか、涙が止まらなくなってしまった。おそらく、今の僕が再度観返しても涙が出るであろう。いや、この文章を書くために購入した中古のＤＶＤを観返したが、事実、涙が止まらなかった…。

死ぬことは簡単であり、また難しいことなのでもあろう。しかし、生きるということもまた、ときに簡単なことであると同時に、多大な苦しさを伴う業《わざ》でもある。少なくとも今の僕にとっては。

ふむ、こうやって、今の僕の心境と言うべきか、心情を見つめ直してみると、三つ目の【なぜ、僕という人間はうつ病になったのか】の理由がみえてきたような思いがする。それは、寅さんが言うところの「生まれてきてよかったなあという感情への気づきが鈍すぎているから」ということなのかもしれない。なんだか、哲学的な解釈であるが、ひとまず、三つ目の答えはそういうことにしておこう。僕自身の中でもこの三つ目の答えについては、今後、「何べんも」考えてみようと思う。

話しは変わるが、思えば、少し前までの大学は、おおらかであった。それは僕自身が学生だった頃から変わっていなかったように思う。以下のエピソードは、ちょっとした笑い話であり、少しだけ昔を述懐《じゅっかい》しつつ、今の僕の気持ちを落ち着かせるために紹介するものである。

今の職場に赴任して五、六年目くらいの頃だったと思う。指導していた大学院生が職員専用の駐車場に車を何度も停めていて、度重なる「注意書」、さらには「警告書」が出されていた。僕もそのことは知っていたが、調査等の関係で「おつかい」に行ってもらうことが頻回《ひんかい》であったこともあり、黙認していた。すると、学生生活委員長の堪忍袋《かんにんぶくろ》の緒《お》が切れたようで、研究室に電話が入り、「〇〇君を学部長厳重注意処分とします。学部長室に寄越してください」とのこと。「あれ、まあ…」と思いつつも、当人（大学院生）を研究室に呼び、「学部長室行ってこい。申し訳ありませんでしたと何度も言って反省の態度をみせてこい」と言って送り出した。さぞや、絞られて帰ってくるのであろうと思いきや、当人の顔は嬉々《きき》としていた。

「どうだった？」と僕が尋ねる。

「なんか、感動しました！　これぞ、大学だなあという思いを新たにしました」らしい。

「なにを、どう感動したんだ？」

「あのですね、学部長先生が言われたんです。『ルールは破るためにある。しかるに君の犯した罪は当然と言えば当然のことである。以後はばれないようにやるか、もしくは、ルールを変えさせるような動き方をするか、君なりに考えると良い。以上』だそうです。すげえなあと思ってしまいました！」

「で、学生生活委員長はどうだったんだ？」

「なんでしょうか、苦虫を噛《か》み潰《つぶ》したような感じでした。それにしても、学部長先生凄いですね！　何がご専門の先生なのですか？」

「フランス文学」

「はあ！　凄いなあ」

一応、指導教員でもあるし、僕も謝罪に行っておこうと思い、学部長室を訪ねて行った。児島学部長は一言。

「お灸を据えておいたから。まあ、あれぐらいでいいだんべな」

正直、僕自身も呆気《あっけ》に取られながらも、

「ありがとうございました。本当に申し訳ありませんでした」

との謝意と詫びの意を表した。

児島先生は、上州の名門T高校のご出身であり、上州の大学を出た僕と話すときは決まって上州弁であった。

「それよっかさあ、津谷さん、上毛かるたの『さ』って何だっけ？　さっきから思い出せねえんだいなあ…」

「三波石《さんばせき》と共に名高い冬桜、ですね」

「あー、そうだいな！　そうだそうだ！」

「上毛かるた」とは、群馬県独自のかるたであり、僕は学生時代、小学校教員養成課程に在籍していたので、国語科教材研究の授業で、上毛かるたの「あ」から「わ」まで、すべてを暗記させられていたのである。

そんなこんなで、学部長室を後にし、研究室に戻ると、当の大学院生が、当時、流行《はや》り始めの時期であったインターネットを駆使《くし》して、学部長から言われた「ルールは破るためにある」の出自を検索していたようだ。

「先生、学部長先生の御言葉は、欧州の市民革命期に端を発しているようですね。深いなあ！　さすが、フランス文学の先生ですね！」

僕は反応もせず、黙っておくことにした。むしろ、学部長という立場で、学生にそのような「厳重注意」を施し、当の大学院生は感動しているという様が、いささかおかしくてたまらなかったが、そのことを見破られないように努めていたように思う。

児島先生は、大変フランクな方で、時々僕の研究室に来ては、「津谷さーん、たばこ頂戴」と言って一服しておられた。そんな折には、当の大学院生が迅速《じんそく》にコーヒーを淹《い》れて、児島先生にお出ししていたものだ。「おれのは？」と言わないと僕の分が出てこないほど、あれ以来、当の大学院生の児島先生に対する敬愛の念は強いものになっていたようだ。

大学を取りまく、というよりも社会の時流も変わり始め、禁煙の動きが急速に進行し始めた頃のこと。限られた喫煙スペースでいつも一緒になる児島先生に、

「そのうち、学内全面禁煙になるのでしょうか？」と尋ねたところ、

「なったらなったさ。研究室で黙って吸えばいいんだよ！」

後年、児島先生の教えを守り、学内全面禁煙が施行されてからも、僕は研究室での喫煙を続けていた。すると、喫煙者監視委員？　なる御方が研究室に来られ、

「今後、研究室での喫煙は一切お止めください。以後、懲戒の対象となります」

と言われる始末であった。頼みの綱であった児島先生は、既に定年退職されていて、もう大学にはおられない。「さて、どうやってルールを破ってやろうか」などと苦心したが、妙案《みょうあん》を見出すには至らなかった…。

要は、大学、そして大学人は、おおらかなマインドを忘却《ぼうきゃく》してしまって久しいのではないのか、と言いたいのだ。大学もまた、良い時代があったはずなのに…。過去にあったであろう大学の「良い時代」と、世間で良く言われる「昔は良い時代だった」や「昭和は良かったねえ」とは、相通じているのではなかろうか。ふむ、何だか、現在の大学批判に近い書き方になっているなあ。で

も、極論を言えば、ノーベル賞受賞者を輩出している大学の多くは、未だに「おおらか」な文化と風土を暗黙知的《あんもくち》に保持しているのではなかろうか。僕はそう思えてならないのだが。

この本では、【なぜ、僕という人間はうつ病になったのか】という問いを立て、まさに自問自答を試みようとしているわけであるが、同時に、僕自身が《生まれてきてよかったなあ》と思える事柄も併せて探し出してみようと思う。

《生まれてきてよかったなあ》の一つ目は、児島先生という鷹揚《おうよう》（心に余裕があり、小さなことにこだわらないこと）な御方との出会いに見出しておこう。いや、現時点でもう一つあるぞ。かずし君や嘉納君、森保君、それにひさし君をはじめとした数多くの親友がいるではないか。

第二編

思いもしなかった母親と
僕に潜んでいた獣性…

―少年期の僕―

p39
p61

話しは僕自身の少年時代に遡《さかのぼ》る。本格的なライフヒストリーの始まりである。

高校は、学区内では唯一の県立普通科で、なおかつ進学校とされていた高校に進学した。あくまでも自己採点ではあるものの、五教科五〇〇点満点で四八〇点を取り、合格することができた。合格発表は悠然《ゆうぜん》と見に行き、当然のごとく僕の受験番号を確認することになった。と、このような高校受験の結果だけを書くと、優等生としての少年であったように思われるであろうが、実はまったくもってそうではない。

進学した高校では、合格発表の数日後（一週間後ぐらいか…）、合格者対象のクラス分けテストが実施された。優秀な生徒が集まる「特別クラス」（通称、「特クラ」）と「普通クラス」とを選別するためのテストである。受験時の自己採点結果を考えれば、特クラに入っていいはずの実力であったのであろうが、そのテストに臨《のぞ》むにあたり、僕はビビってしまっていた。国語、数学、英語の三科目の試験だったと思うが、僕は、「こいつら、みんな頭がいい奴ばっかりなんよね、おれの本試験は、まぐれだったんじゃねえのか…」という気持ちばかりが頭の中を支配してしまい、試験問題にまったく集中できなかった。案の定、僕は「特クラ」に入ることはできず、普通クラスに配属されることになった。ここらへんにも僕のてげてげな性質を見出すことになる。

中学時代の成績は、それこそ、てげてげなものであり、良いときもあれば、悪いときもあった。いや、むしろ、悪い成績の方が多かった。高校受験の高成績は、ある「きっかけ」があって、急に勉強のおもしろさを感じられるようになった延長線上の結果に過ぎない。

高校受験での好成績（あくまでも自己採点であるが）を修めていた僕ではあるものの、実は、いわゆる「地頭」の良さを持っていたわけではない。これから書くことは、当事者である母親も果たして覚えているか怪《あや》しいエピソードである。

さらに少年期を遡り、小学校一年生のときのこと。僕は明確に覚えている。

学校で算数のテストを受けた。僕にとっては人生で初めてのテストであった。問題は、「左側にいる動物や果物の数を数え、その数の分だけ右側の○を黒く塗りつぶしなさい」という問題だった。僕は、まったく意味がわからなかった。テスト？　算数？　動物、果物？　黒く塗りつぶす？　すべてが、である。結局、意味がわからなかった僕は、全部の○を塗りつぶすことにした。結果は、一つだけ正解の十点。特に何も考えることなく、採点された答案用紙を持って帰宅した。

母親に「テストっていうのがあってもらってきたよ」と答案用紙を手渡す。

その瞬間の母親の絶句した表情は五十一歳になった今でも鮮明に覚えている。その後は、

「なんで、こんな点数になるのね！」「なんで全部の○を塗りつぶすの！」

等々の罵声《ばせい》を浴び続け、挙句《あげく》の果てには、正座をさせられた状態で頭や太ももを何度も叩かれた。

「なんでこんなふうに答えたの！」と母。

「……」と僕。

「ねえ、なんでね！」と母、の繰り返し。

僕は、本当にテストの意味がわからなかったのである。それまでの人生でここまで叱られたことがなかった僕は涙が止まらなくなった。まさしく少々大袈裟ではあるが、僕は生まれて初めて母親の獣性にも近い性質を目の当たりにし、怖くてたまらなかった。

「ごめんなさいは！」と母が言ったとき、はじめて、

「なんもわからんかったとよ…、ごめんなさい」

と、僕の本心がようやく言えた。

どうだろうか、三十分ほどそんな感じの叱責《しっせき》を受け続けていたであろうか、偶然、郵便配達のおじちゃんが訪ねてきた。わんわん泣き続けている僕を見て、母に、

「お母さん、どうしたとね？」

と心配そうな顔で尋ねていた。

その郵便配達の人は、母の知り合いであったようで、母は事の顛末《てんまつ》を話していたように思う。

そこについては、僕はよく覚えていない。

すると、郵便配達のおじちゃんが言うのである。

「玄裕君、なんがなんかわからんかったたっちゃろ。ね？」

「うん」

「それでいいとよ。○が全部黒になったらきれいになったなあと思ったやろ」

「うん」

「今度からはわからないことがあったら、聞かんといかんわ。玄裕君は正直者じゃ」

続けて、郵便配達のおじちゃんは、僕の母親を諭《さと》していたようだった。かすかに覚えている内容は次のようなものであった。

「他の子どもたちは幼稚園の頃から、こういったテストに触れてきたとよ。だから答えられるだけ。玄裕君は、素直で良い子じゃないね。母親がこんぐらいのことで叱りつけたりしたらだめよ。お母さん、少しは落ち着いたね。大丈夫、この子は、そのうち、とんでもない才能を発揮するから。いまはまだ勉強の意味がわかっていないだけのこと。先生もいかんわ。おれはそう思うがね。わからん子にはなにがわからんのか聞いて教えてやらんとね」

「ありがとうございました。本当にすみませんでした」と母。

僕は、もしかしたら学習障害児であったのかもしれない、とさえ思っている。両親、それに祖母から溺愛《できあい》され続け、幼稚園こそ通ってはいたものの、勉強の「べ」の字さえ意識することもなく、なんでも両親、ことさらに母親が世話をしてくれる、という環境が当たり前過ぎていた。

この一連の「算数十点事件」は、母親からの「叩いてごめんね」で終末した。と同時に、小学校一年生の僕は、「二度と、お母さんから叱られないように、そして、こんなふうにごめんねとか言わせないようにしよう」と心に誓うことになった。そのことは、二度と母親が露《あらわ》にした獣性にも近い、あのような叱責を受けることがないように、との思いであったのであろう。と同時に、やはり母子なのであろう。僕もまた、後にそのような獣性にも近い性質と性格を有している人間であることを自覚することにもなるのである。

がしかし、小学校三年生までの通知表は、「2」がほとんどであり、わずかに「3」がある程度の成績が続いた。しかし、母親から叱られることはなくなった。はじめて通知表で「5」を取ったのは四年生の一学期の「社会」だった。無論、他の教科は「3」と「2」に終始していたが、初めての「5」を見て、喜んでくれていた母親の姿が今でも忘れられない。

そのときに思った。「僕はお母さんが喜んでくれるようにがんばって学校に行こう」と。要は〝マザコン〟に他ならない。それは今も変わらないけども。

ここにこそ、【なぜ、僕という人間はうつ病になったのか】の四つ目があるようにも思えてきた。つまりは、「両親、さらには祖母が『困ったことがあったら助けてくれる』なる精神性が育まれ、そのことが現在に至ってもなお、心の片隅に潜《ひそ》み続けているから」なのであろう。これは根が深い…、というよりも、厄介《やっかい》極まりない僕の性質ということなのだろう…。

小学校高学年から中学生にかけての僕は、自分で言うのも烏滸《おこ》がましいが、少しだけ勉強に対する「おもしろさ」を見出せていたように思う。その契機《けいき》は、小学校四年生で、「社会」で「5」を付けてくれた先生の一言だったように思う。忘れもしない。

「玄裕君、社会という教科は、世の中のことを学ぶことなのよ。それで『5』を取れたんだから、これから世の中の何でもわかるようになるはずよ」

以後の僕は、なんとなくではあるが、生きる自信を育み始めたように思う。そのことは、大袈裟にいえば、その後に力を注ぎ込むことになるスポーツ活動へと繋がっていったようにも思う。てげてげに過ごしてきた小学校期であったが、中学校進級後からは「てげ（な）、やってやるぞ！」という気概《きがい》に満ち溢《あふ》れていたように思う。とはいえ、いかんせん「てげてげ」な文化・風土を基底とする土地柄、「やってやるぞ！」の気概もさして大した次元のものではなかったのだと思う。

そんな案配で、僕は中学校へと進級する。しばしのスペースを部活動の話題に費やすことにしよう。

僕は、小学校五年生のことから中学校三年生まで野球をやってきた。小学校の頃の野球はおもしろかった。良い指導者に野球のおもしろさを教えてもらえたからであろう。しかし、中学校の野球部は面倒くさかった。というよりもつらいことが数多くあったものだ…。先輩後輩の厳しい上下関係、しごき、体罰、挙句の果てには「野球を知らない」顧問教師の指導に接する中で、同級生同士の人間関係さえも悪化し、出鱈目《でたらめ》に近い部活動であったようにも思う。正直に書けば、たばこを吸い始めたのも、この頃からである。僕らが主導権を担い始めた二年生の二学期からの対外試合の多くでは、小学校のときには負けたことがなかった近隣の中学校（小学校時代はスポーツ少年団）に簡単に敗北してしまう状態のチーム事情だった。僕は、野球というスポーツが嫌いになりかけていたものだ（無論？　現在でも野球は大好きなスポーツ種目の一つであるのだが）。

入部した野球部では、一年生から二年生の途中（一学期）までは、先輩たちからの理不尽なしごきと暴力に耐える日々であった。「一年集合！」と部室に呼びつけられて、「声が出てないんだよ！　それと草むしりやグラウンド整備がちゃんとできていないんだよ！」等々の罵声《ばせい》を浴びせつけられてきた。その場には、次期主将候補の二年生も同席しており、「おい！　大岩！　おまえたち二年の指導が悪いんじゃねえのか？　あ？」と言って、ぼこぼこに殴る蹴るの「指導」がなされていた。その後は言わずもがなである。二年生から、「一年集合！　おまえたちやる気あるのか？　全員一列に並べ！」。グーの手で一人一人殴られることになるのである。そのたびに、鼻血を出す者、歯が折れる者も数名いた。幸いにも僕は頬が腫れる程度であることが常であったが…。但し、一度だけ、当たり所が悪かったのであろう、僕は目の周りが青黒色になった状態で帰宅したことがある。母親から、

「どうしたとね！　けんかしたとね！　こらぼくじゃが！」

と言われ、僕は、

「違うよ、部活で先輩に指導されてくらされた（殴られた）とよ」

と答えたところ、母親は、

「あら、部活ならしかたがないわ。くらさせんようにちゃんと練習せんと！」

と言っていたものだ。

今のご時世ならば、大変な騒ぎ様になってしかるべき事態なのであろうが、当時の親世代は、「部活動は教育の場であるからして、しごかれたりすることも当然のこと」といった価値観であったのであろう（我が家だけかもしれないが）。なんだか、懐かしくもある…。ちなみに、そのような下級生時代を送ったせいか、僕は今でも草むしりがまったく苦にならないし、むしろ、草をむしっている時間は「無」になれている。好きな時間の一つである。

僕らが二年生に進級すると、ほぼ同じような「指導」が再生産されることになる。僕は次期主将候補ではなかったので、二年生の途中までは、後輩を殴ったことは一度もない。但し、三年生の一学期早々だったと思う。僕は一つ下の二年生二人を本気で殴ったことがある。どうにも僕ら先輩に対する物言いが気に食わなかったからである。そのときの僕は完全に「切れて」しまっていて、下級生の口から血が出ているのがわかっていながらも、殴り続けていた。挙句の果てには、主将のえいいち君から、「つやちゃん、もう止めない」と羽交《はがい》い絞《じ》めにされて、ようやく我に返った。しかし不思議なもので、そのとき殴りつけた後輩たち二人は、その後、僕のことを慕《した》ってくれ、「あのときは本当にすみませんでした。今にして思えば思い上がり甚《はなは》だしい態度でした」と言っていたものだ。今でも帰省した折、偶然、再会する機会があったりするが、あいつらは決まって「先輩、今日の晩は飲みに行きましょうよ！」と言ってきやがる。もちろん、僕の奢《おご》りで…。

それと顧問の先生に対しても、一度だけ「切れてしまった」ことがあった。後に記すが、「野球を知らない」、そして、「自身が野球を楽しんでいる」だけの顧問の先生に対し、僕は反発をし、一歩間違えば停学処分にも成りかねない行動を仕出かしてしまった。

その日は部内での紅白戦が組まれていた。顧問の先生が指揮を執る紅チームと主将であるえいいち君が采配《さいはい》を振るう白チーム、戦況は顧問の先生が指揮を執る紅チームの完全な劣勢《れっせい》であった。僕は紅チームの四番センター。ツーアウト二塁、三塁の局面、打者は僕であった。出されたサインはなんと「スクイズ」…。僕はタイムを要求し、ベンチに戻り、「先生、ツーアウトですよ！　野球分かっているんですか？」と尋ねた。その僕の言葉が顧問の先生の逆鱗《げきりん》に触れたようだ。「監督の指示に従えないような奴は使えない。代打だ」。またもや、僕は完全に切れてしまい、部員全員に対して、「これ、紅白戦でもなんでもねえよ！　やめようや！」と言った瞬間のこと、顧問の先生から、殴る蹴るの暴行を受けることになった。しばらくは黙って耐えていたが、母親から受け継いでいたのであろう「獣性」にも近いDNAが沸き起こってきてしまい、そしてまた、一つ上の先輩から伝授されていた「これ以上やられたらまずいと思ったら、こうやって反撃しろ」なる技を実践することになった。僕は顔を殴られようとした瞬間にそれをかわし、背負投げをもって顧問の先生を投げつけてやった。先生はいよいよ「切れて」しまい、再度の攻撃をしかけてきた。今度は先生のユニフォームの胸倉《むなぐら》を取って大外刈りを決めてやった。その勢いのまま、先生の顔面を殴りつけてやろうと思った瞬間のこと、体育教官室から事の顛末《てんまつ》を見ていた田仲先生（後に登場してくる保健体育の先生）が、拳を握っていた僕の右手を掴《つか》み一言、「津谷、もう止めておけ」。

その後、田仲先生は、野球部の顧問の先生に対し、「あんたが悪い。しかし、生徒でありながらも教師に暴力を振るった津谷も悪い。この件はここだけの事にしておこう。●●さん（野球部顧問）わかったな！」。そして部員全員に対して、「今のことは忘れろ！　わかったか！」と言っていた。その後の対外試合で僕が出場する機会はまったく無くなった。今でも恨んでやまない出来事である。畜生めが！　僕という人間にはそういった超攻撃的な性質が潜んでいることに初めて気づく出来事であった。

話しを少しだけ戻そう。僕らが二年生になったとき、三年生が郡大会で敗戦し、僕らが部の主導権を担うことになった。下級生である僕らは、スタンドからの「心のこもっていない応援」をする。勝てるはずがないチームだ。今度は、僕らが下級生への「指導」をしなくてはならない。

そのような野球部の伝統的慣習を、少なくとも僕は、さほど嫌いではなかった。なぜだろうか。殴られるのも、蹴られるのも痛く、つらい事は確かだった。しかし、なんだろう、「殴ったり、蹴ったりする人たちもつらいんだろうな…」との思いが心の中に少なからずあって、先輩という立場の人たちを気の毒に思っていたように思う。というのも、そんなに暴力的ではないというか、気の弱い先輩も殴ったり、蹴ったりせねばならない様を見てきたからである。気の毒にも感じていたものである。

僕らが部において主導権を持ち始めた二年生の二学期になったある日、新しく主将になったえいいち君が部室で口火を切った。

「後輩を殴ったり、蹴ったりする指導、もうやめないか。それにうちは野球部やじ。三年生が引退するまで、体育の服装でいる一年生の姿もおかしいよ。一年であっても、二年であっても、三年であっても、等しく野球をやれる部活動にすべきだと思う」

えいいち君の野球センスは群を抜いたものがあり、後に野球の強豪校に進学する人物である。そんな、えいいち君の発言に、僕は正直びっくりした。「すげえなあ！」と本心から感心したものである。僕は、えいいち君の意見に対して心から賛成であった。がしかし、僕はといえば、前記したような「暴力的指導」と「反発」をしてしまったわけであるが…。

その後、同級生内で諸々の議論がなされたが、結果的にはえいいち君が提案した「下級生にも本練習参加の機会を与える」というシステムが新たに付け加えられることにもなり、殴る蹴るといった「指導」は、「原則として」排除されることになった。というのも、明らかに問題があると思われる後輩たちの言動が看取《かんしゅ》された場合においては、厳しく指導することが無いわけではなかったからだ。かくいう僕もその実践者の一人であったというわけだ。

僕は、そういった新しい体制の部活動に満足していたが、新システム（特に、下級生もレギュラーになれる可能性が出てきたこと）に対する不満を抱く同級生部員が少なからず存在し、結果的に部は分裂していくことになった。分裂後には、部を退く者、非行の道へと進んでしまう者さえ出てしまう始末であった。

それにしても、そんな状況の部活動を放置したままの顧問教師は、何のために存在していたのだろうか…。顧問教師が言っていた「部の運営方針は全面的におまえたち部員の意思を尊重する」とは、体《てい》の良い理想論に過ぎず、思春期の中学生が無い知恵を振り絞りながら、試行錯誤、悪戦苦闘しつつ部を運営することがどれほどつらいことだったか。先生もまた、その「仲間」に入って欲しかったし、何らかの示唆《しさ》を授けて欲しいと、僕らは願っていたように思う。監督である顧問教師は、練習でのシートノックや実際の試合での采配のみに楽しさを見出しつつ、部に関わっていることを部員の多くがわかっていたし、稚拙な戦術にも辟易《へきえき》していたものだ。僕は前記した「反発」もあってか、完全に干《ほ》されていたし、教員という人間に対する不信感しかなかったように思えてならない。

僕らの代の野球部は、二年生秋の新人戦で圧勝し県大会に出場した（しかし、県大会では初戦敗退）ものの、中学三年生の最後の中体連郡大会では、まったくチームワークがかみ合わず初戦惨敗に終わってしまった（ちなみに僕は三塁ランナーコーチ専門）。二年生たちは、「やったあ！つぎはおれたちの代だ！」とさぞかし喜んでいたことであろう。しかし、僕らの代とは少しだけ異なる喜び——えいいち君の英断《えいだん》をもって、変わることになった先輩－後輩の上下関係の中で、親身になってくれる先輩も少なからずいたよな、という思いであって欲しいなと思っていたものだ。そのようなわけで、僕は、中学三年生の一学期早々に野球部を引退することになった。僕は、なんだか清々《せいせい》した心持ちであったように思う。

そんな折、郡大会で敗北した野球部員を中心とした、即席の陸上部が創られ、郡大会に臨めることになった。僕もそのメンバーに入った。指導をしてくれたのは、前出の保健体育の田仲先生であった。田仲先生は、女子バスケットボール部の顧問をしており、女子バスケットボール部の県大会出場に向けた練習の傍《かたわ》らで陸上部の指導もしてもらえる、という体制であった。

実は、田仲先生の「本職」は陸上競技であり、名門J大学の陸上競技部出身者であったことを後から知ることになる。実に怖い先生であった。男女問わず、体罰は当たり前であり、厳しい生徒指導は中学校入学前から聞いていてビビっていた。廊下ですれ違うと、何人かの目を付けた男子生徒の学ランのポケットに手を入れ、たばこを見つけられたら最後、所構わず、殴る蹴るの指導がなされていた。僕も野球部時代にたばこを覚えていたものの、学ランにたばこを入れて学校で吸うことはなかったので、田仲先生からは、その点では目を付けられていなかったこともあり、その種のパターンで殴られたことはない。

僕は、中学に入学して以降、田仲先生のことが「怖かったけど好き」だった。田仲先生の厳しい指導は、対生徒だけではなく、同僚である先生たちにも向けられていたからである。田仲先生は、たとえ年長の先生であっても、「そういう生徒のことを考えていない指導をするな！」と、僕ら生徒がいる前で、叱責することが多々あった。ときには教室に乗り込んできて、「なんで、あんたは、○○を殴った？　真相を知らんくせにそういうことをするな！」という場面もあったものだ。そういう、対大人（教師）に対しても、僕ら生徒と同じ態度・姿勢を貫かれていた田仲先生のような先生は、最早、教育現場には生存していないのであろう。だから、僕は田仲先生のことが好きだったし、「こういう大人にならなくては」との思いを抱いたものだ。

今でこそ、体罰厳禁と教育界は躍起《やっき》になって、その根絶を謳《うた》っているが、田仲先生の体罰は、しっかり筋の通った教育的営みであったと信じて疑わない。田仲先生から指導（体罰）を受けた者もまた、しっかりと反省ができていたはずである。ちなみに、田仲先生は、いわゆる不登校になってしまった生徒たちへの心配りも、しっかりなさる先生であった。不登校から立ち直った友人が言うには、

「毎日、おれんちに、田仲先生が来よったわ。そしてね、（学校に）来たくなったら来い、来たくないなら、無理して来んでもいいとぞ。学校に来るときは、まず、おれのところに来い。担任にはおれから言うてやるから」

と言っていたらしい。素晴らしい御指導だし、先生だなあと思ってしまう。

テレビドラマ「スクール★ウォーズ」を観て育った僕ら世代（丁度、僕が中三のときに放映されていた）にとって、教師が生徒を殴り、しかるべき方向へと導いていく指導は、「当たり前」

のことだと思っていた。僕と同世代の方々の多くも、もしかしたら共感するところではなかろうか。但し、時代は完全に変わってしまった。教育現場における体罰は厳禁となり、そのことは、大人社会（企業等）におけるパワーハラスメントなる言葉に象徴されるように、部下（僕の場合は学生たち）に対する物の言い方だけでも糾弾《きゅうだん》の対象となっている。

僕らの世代（特に今の五十歳代以上と敢えて限定すれば）の多くは、自らが受けてきた「指導のあり方」と、今現在の「指導の仕方」をめぐる大いなるギャップに悩み、ときとして、苦悩にも近い思いを抱いてはいないだろうか。かくいう僕もまた、冗談半分とはいえども、学生から、「先生、それってパワハラですよ（笑）」と言われることがある。そんな折には、決まって深呼吸を三回し、「知らん」と応えるようにしている。何とも世知辛い時代になってしまったように思ったりもするが、最早、各種の指導場面において、暴力や恫喝《どうかつ》といった類は不必要なのであり、適切かつ心のこもった言動による指導の方が「ひとを伸ばす」ためには有益であるに違いない。

というのは、僕の中での「タテマエ」の気持ちに過ぎない。どうせだから「ホンネ」を書こう。教育的営み――殊更に学校教育においては、体罰という名の指導はなくてはならない営みであるはずだ。無論、生徒をときに死に追いやるような体罰はもっての外であるものの、「体罰」とは言葉を代えれば、身体教育の一つであると信じて疑わない。「殴ってみろよ、殴ったら懲戒免職なんだろ！」なんぞと宣《のたま》うガキどもを放置しておいて良いはずがない！　体罰厳禁がグローバルスタンダードであるならば、我々日本人は、喜んで「体罰という名の教育的営み」をローカルスタンダードとして誇りに思えば良いのだ。まあ、体罰という名の教育的営みのあり方を体得していない教員が多数存在することも事実なのであろう。だからこそ、そのような輩《やから》ども（教員）は、同じ教員間でのいじめ行為をもって、憂《う》さを晴らしているに違いない。世も末である…。

さて、即席の陸上部では、僕は、八〇〇mに出場することになった。田仲先生が「おまえは、八〇〇やってみろ」の一言で決まった。結果は郡大会で優勝。中学校の一周二〇〇mのグラウンドで開催された、今にして思えば、ちっぽけな競技会であったが、優勝という事実は、それまでに味わったことがない、なんともいえない充実感であった。記録は二分十三秒ぐらいだったと思う（今では中学生女子でも出せる記録だ）。

田仲先生からは、「おまえは中距離が向いている。体育の授業の動きを見ていて前からそう思っていた。県大会は出るんじゃなくて、勝負してやると思わないとだめだからな」と言ってもらった。「は？　勝負？　はじめて走った種目なのに」と思ったものだが。

その後、県大会までの数週間、田仲先生は、女子バスケットボール部の指導はそこそこに、むしろ、数名が出場することになった即席の陸上部の指導に力を入れてくれた。そのとき初めて「ショートインターバル」なる練習法を伝授された。当時の僕が取り組むことになったショートインターバルトレーニングは、二〇〇mを設定タイム三十秒で走り、一〇〇mをジョギングでつなぎ、また、二〇〇mを走る、というような感じで、五本を一セットとする。それを二セット実施するメニューがメイン練習であった（この二〇〇mという距離が、例えば、八〇〇mとか一〇〇〇mと長くなれば、「ロングインターバル」となる）。

最初の二〜三本は、設定通りのタイムでこなせるものの、その後は、設定タイムをまったく切れなくなってくる。二セット目は「つなぎ」のジョギングとメインの二〇〇mのタイムがさほど変わらないほどの苦しさを味わうことになった。「これが陸上のトレーニングなのか…」と思ったものだ。田仲先生からは、「こなせないことはわかっちょった。このメニューを全部設定通りのタイムでこなせるようになったら、全国大会の標準記録（当時は、二分〇二秒）を軽く突破できる選手になるんだよ」と言われた。

当時の僕にしてみたら、全国大会なんぞ、頭のどこにも存在していない言葉であったが、そのとき初めて「全国大会かあ」と、なんともいえない、背伸びをしたくなるような気持ちになったものである。田仲先生の指導のおかげで、走能力も飛躍的に伸びた（ように思う）。大変失礼ながら、暴力教師と思っていた田仲先生からは、いくつかの印象的かつ心に響く言葉をいただくことになった。その一つ。

「いいか、八〇〇mという種目は、耐乳酸系種目といってな、短距離の要素と長距離の要素の二つが同時に求められる。おれはな、短距離の延長線上に八〇〇mという種目があると思っているけど、グラウンドでやる練習以外にも朝四キロぐらいジョギングをしろ」

とのアドバイスしてくれた。そして僕もそのことを忠実に実践した。

「耐乳酸系」という、初めて聞く言葉に触れるだけで、何となくワクワクしたことをよく覚えている。「陸上競技は科学なんだよ」とも言われたことがある。たった一ヶ月程度の「陸上部」活動であったが、特に、県大会前に田仲先生から受けた指導とアドバイスの類は、一生忘れられない。

県大会の結果は、タイムレース形式で行われた予選で九番目の記録となり、惜しくも決勝進出を逃した（八番目までが決勝に進出できる）。記録は郡大会よりも六秒近く伸びたものの、スタンドに帰って田仲先生の元に行くと、厳しい指導を受けた。

「言うたやろが。ちゃんと勝負してこいって！　決勝には残れたんだぞ。気持ちが足りなかったんだよ。『県大会の舞台で走れているんだから』という満足した気持ちがあったろが。『てげてげ』精神丸出し！　おれの一番好かんレースじゃ」

と言って、頭を左右の手で一回ずつ、計二回拳骨された…。

競技場からの帰路、母親が運転してくれていた車の中で、こんなことを思ったものだ。「中学校の部活動は当たり外れがあるんだな」と。小学校のときには負けなかった近隣の中学校の野球部は、顧問の先生が部を強くしていた。それに比して、僕らの野球部はそうはならなかった…。そしてまた、即席ではなく、正式な「部」として陸上部があって、田仲先生に一年生の頃から教われていたら、もっと良い部活動、そして学校生活になったのであろうな、とも。野球部の僕の同級生の中には、途中から不良になってしまい、退部を余儀なくされ、学校にさえ来なくなった者さえいた。されど、部活動なのである。

などと、ぼーっと考えていたら、運転していた母親から突然、叱責が飛んできた。

「お母さんも田仲先生が言われた通りだと思ったわ！　腹が立つレースやったあ！　走りに魂が入ってなかったわあ！　くらされて当然じゃ！」。

そのような中学時代の経験もあって、「よーし。高校ではしっかり走ってやる！」、その一心で、高校では陸上部に入部しようと決めていた。

陸上部活動は、中学三年生の僕に「スイッチ」を入れてもらうきっかけになった。田仲先生が言われた「陸上競技は科学なんだ」という言葉は大きかった。「やればできるんだ」と本気で思えた。

それからの二学期、三学期は、猛勉強の日々を送った。ぼんやりながらも、「将来は教師になろう」という目標も自身の中で見据《みす》えられた時期だったように思う。三学期に入ったら、「中学の五教科であれば、今でも中学生に教えられる」といった自信に満ち溢れていたし、実際に、成績も突然、学年で一桁の順位に入れるようになった。

そんな最中、十一月あたりだったと思う。田仲先生から、「駅伝の郡大会に出るぞ。おまえは二キロの区間を走る。勉強もしながら、朝だけでいいから走っておけ」と言われ、また、やる気になった。結果は、チーム順位こそ三番で県大会には出場できなかったものの、僕自身は、二キロを六分二十一秒で走破し、区間賞が取れた。田仲先生からは、「よし、良い走りだった」と褒めてもらえた。すごく嬉しかった。しかし、続けて思いもしていなかったことを言われることになった。

「でもな、二キロを六分二十ってことは、三〇〇〇mだと九分半はかかるんだぞ。全国大会に出場するための標準記録は、九分〇五秒（当時）やからな。宮崎県からも三人、今年はその標準記録を突破して全国に行ったんやから（そのうちの一人と高校で同じ陸上部員になるとはそのときはまったく思いもしなかった）。競技は、その時々で満足してしまったら終わり。おまえにその気があれば、K高校（高校駅伝の名門校）の先生に話しをしてやるぞ」

「え！」と思った。そんなふうな評価をしてもらえたことが、心底嬉しかった。しかし、僕が出した結論は早かった。駅伝会場から学校に戻ってすぐに体育教官室に出向き、「先生、僕は、M高校に行って陸上やります」と答えた。なぜ、そう答えたのだろう、よく思い出せないが、おそらく、受験できる一番難関の普通科高校に行き、そこで部活動も頑張ろうと思ったのだろう。田仲先生もすぐに納得してくれて、「よし、頑張れよ」と、今回は頭ではなく、肩を力強く叩かれた。

そう考えると、《生まれてきてよかったなあ》の三つ目がここに見出せるように思う。いろいろあった中学校生活であったが、田仲先生との出会いは、間違いなく、今の僕の基礎の一部になっているはずだから。

第三編

無いもの強請《ねだ》りの僕という人間

―高校時代の「てげ」と「てげてげ」―

p63
p106

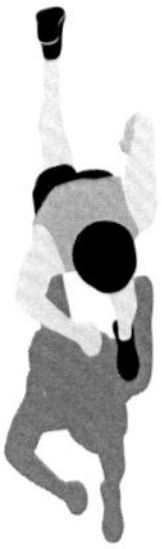

高校に進学し、僕は速やかに陸上競技部に入部した。中学時代の野球部とは異なり、「これぞ、部活動だよな！」との思いをすぐに抱くことになったものだ。

僕の代の陸上部には、錚々《そうそう》たるメンバーが揃っていた。まず、中学時代に一〇〇mと一一〇mハードルで全国大会に出場していたひさし君、四〇〇mで九州大会に出場していたじゅん君、そしてなんと、中学一年生のとき、全国大会の一五〇〇mで優勝し、三年生の三〇〇〇mでは九分〇三秒で全国大会に出場していた、よういちろう君もいるではないか。「こいつが、田仲先生が言っていた、三〇〇〇mで九分五秒を切っている奴がいると言っていた三人のうちの一人かあ…」と思い、なんとなく、ドキドキしながら、「サインくださいとか言ってお近づきになってやろうか」と、ふざけ心半分で考えたりもしたが、なんのことはない、数日後には「ようちゃん」と呼べるようになっていた。

よういちろう君は、中学時代は剣道部だったらしい。それこそ、僕の中学校と同じく、即席の陸上部で大会に出場していたわけだが、それで、全国で一番になっているというからすご過ぎる。一緒にジョギングをしていたとき、「ねえ、ようちゃん、中学校のときは専門の先生から指導受けていたわけ？」と尋ねたら、「いや。そんなことないよ。全国大会行くときは、まったく素人の先生が引率で付いてきてくれて、練習も全部おれ一人でやってた。その先生は、『おまえのおかげでいろんなところに出張できてありがとう』って言ってたわ」らしい。「ものが違うわ」と思ったものだ。よういちろう君には、複数の駅伝の名門校からの勧誘があったらしい。「なんで、K高校いかんやったと?」と聞けば、「だって、遠いやん」。やっぱりものが違い過ぎだ。よういちろう君は、いまだに親友の一人である。

さて、もう一人、同級生には「ものが違い過ぎる」人がいた。ひさし君である。彼は秀才であり、特クラだった。高校では、四〇〇mハードルをやる、と決めて入部してきたらしい。その後、彼はインターハイ選手になるわけだ。

短距離のエース、ひさし君。長距離のエース、よういちろう君。おれは、中距離のエースになってやるぞ、とまでは、入部仕立ての頃は思っていなかったか…。とにかく、「本物」の奴らとの違いを徐々に見定めていこう、と思っていた。要するに、まずは、てげてげでよかろうやと、思っていたわけだ。

しかし、顧問の川田先生は、僕が考えていた、てげてげ精神を見抜いてかどうかは不明だが、「ひさし、じゅん、それに津谷、来週の記録会で四〇〇出るからな」と言ってきた。僕は、「四〇〇mという種目に出たことがないし、そもそも、四〇〇ということは、スターティングブロックをつけるわけだろ、どうするんよ…」と心の中で思いながらも、「わかりました」と従わざるを得なかった。そうそう、オールウェザートラック用のスパイクも買わなくてはならない。中学生のときの県大会は、体育教官室にあった、ふるーい、「オニツカタイガー」で走ったけど、高校ではそういうわけにはいかない。ひさし君、じゅん君が付き合ってくれて、「タスク神戸」という、僕にとってはどうでもよかったスパイクシューズを購入することになった。じゅん君は興奮気味に「タスクシリーズの新しいモデルやん！　そうか、神戸ユニバ記念モデルか！」とか言っていたなあ。三人で同じ色のシューズを購入することになった。するとじゅん君が「つやちゃん、練習用のスパイク持ってる？」と言ってきた。「持ってないわ」と答えたら、「おれが使ってたやつ使っていいよ。すぐにだめになるだろうから、そのときに買えばいいよ」。本当に親切な人だった。彼は僕と同じクラスだったし。

さて、本番の記録会。川田先生は僕にこんなアドバイスをしてくれた。

「いいか、津谷、ガーっと入って、バックストレートから二五〇mあたりまではすーと走って、最後はまたがーっと帰ってこい！」

がーっと入って、すーっと走って、がーっと帰ってこい…？

今の僕ならもちろんその真意というか、意図は理解できる。僕も指導するときにそんな表現をしたことが何度もあるし。例えば、ハードルの選手に対しては、「いいか、ハードルを跳んでる瞬間は休めるんだよ、からだが宙に浮いているんだからな、ハードルを越えるたびに、さあ次、さあ次って思えばいいんだよ」とか。但し、僕の競技指導はまったくダメダメだったけども…。

話しをレースに戻そう。とにかく、八〇〇の半分なんやから、「がーっと」行ってやろうやねえか、と思い号砲を待った。ピストルが鳴る。外のコース（今は「レーン」と言う）がひさし君。なかなか差が縮まらない。「バックストレートはすーっと」どころではなかった。ずっと、「がーっと」だった。ひさし君に僅差で負けて、じゅん君には勝てた。「おー、九州大会選手に勝ったじ」と心の中で嬉しく思ったものの、「ひさし君の速いこと…」と、力の違いをみせつけられたものだ。

その試合には、上級生も出ていて、記録の良かった四人を県高校総体の一六〇〇mリレーに使うつもりだったらしい。僕の記録は三番目。一年生にして、リレーメンバーに入ってしまった。三年生二人に、ひさし君と僕、である。てげてげでよかったはずの僕の陸上部活動のスタートは強制的に排除されることになったわけだ。


初めての県高校総体は、開会式から参加した。「高校生の大会は規模が違うなあ！」と感心しつつ、行進に参加した。「本格的な、おれの陸上選手としてのスタートなんだな」との思いとともに、心地良い緊張感に浸《ひた》っていた。ひさし君はその日の午後に四〇〇mハードルのレースがあるから開会式には出ていない。

開会式後の午後から競技開始。早速、度肝《どぎも》を抜かれることになる。ひさし君が四〇〇mハードルで二着！　最終ハードルの歩数ミスがなければ優勝していたであろう。「てげな、すげえ…」と思ったものだ。芝生席に陣取っていた僕らの高校のテントにひさし君が帰ってきた。「おめでとう！　二番やったね！」と僕。「ありがとう。でも勝てんかった…」とひさし君。見据えているところが僕とはまったく違うんだなと実感し、「これが高校の陸上競技なんやな！」と、僕は、意味不明なままでの興奮状態に陥《おちい》っていた。

一六〇〇mリレーの予選は三日目の最終種目であった。僕はリレーだけの出場。川田先生をはじめ、部員の多くが決勝に残るとは思っていなかったようだ。僕は三走。二走のひさし君が先頭で帰ってきた。「バトンってどうやってもらうん？」と一瞬悩んだが、そこそこのリードをとって、なんとかパス成功。僕も先頭のまま、アンカーの三年生へ。見事、一着で決勝進出決定である。

僕は、県高校総体の意味をまったく理解していなかった。予選が終わって、先輩たちから、「南九州大会行けるぞ！　決勝も頼むぞ！」と言われ、「県で六番以内に入れば、つぎのステージにいけるわけか、それで、次の南九州大会で六番以内ならばインターハイ」というシステムをようやく理解することになった。

翌日、最終日の最終種目が一六〇〇mリレーの決勝。部員全員が僕ら四人を応援してくれている。緊張していた…。そのとき、アンカーのかわぞえ先輩が僕に近づいてきた。

「津谷、おれが前におる奴は全部抜くから安心して走ってこい」

走る前にもかかわらず、「かっこいいなあ、おれもそんなこと言えるようになりたいもんじゃ」と思いながら、出発を待つ。スタート。一走はほぼ横並び、というか、セパレートコースなので、まだ素人だった僕には順位がよくつかめない。二走のひさし君がオープンコースになったところで七番目、そこからがすごかった、ひさし君は、三番まで順位をあげて僕にバトンバス。予選の後、川田先生から、バトンパスの方法を教えてもらっていたので、今回はそれなりに「はまった」。僕は前半で二人に抜かれたものの、抜き返して三番でかわぞえ先輩にバトンを託《たく》した。そのまま三位入賞。川田先生が興奮気味にやってきて、「津谷、ラップ五十秒ちょっとできたぞ！」と言っていた。「だからなんなん…、それはすげえんか？……」。しばらく動けなかった。動けなかったけど、「やったあ、授業受けずに公欠で熊本行けるぜ」となんとも次元の低い喜びに、そのときの僕は浸っていた。

南九州大会に向けて、練習の質と量が格段にあがってきた。それとともに、僕自身の競技者としての自覚みたいなものも少しずつ萌芽《ほうが》し始めた時期だったように思う。

今はもう走っていないが、国鉄時代の急行「えびの」で熊本へ遠征。水前寺公園近くの旅館が宿舎だった。競技者としての自覚が芽生え始めた一方で、いや、そういった感情が芽生え始めたせいだと思うが、僕は意地汚い性質を持っている人間なのだ、ということに初めて気が付いた。

初日の四〇〇mハードル予選のこと。ひさし君はランキング四位。普通に走ればインターハイ出場である。しかし、最終十台目の歩数があわずにほぼ止まってしまい、予選落ちしてしまった。そのとき、僕は思った。「よかった…」と。入部仕立ての頃は、「とてもじゃないけどかなわない奴」と思っていたひさし君のことを、「一人だけインターハイ行くなよね」と思ってしまったのだ。今にして思えば、心から恥ずかしいことだし、やっぱり、僕は、てげてげで、力もない癖《くせ》に他人の不幸を喜んでしまうような、とんでもなく駄目な人間なのだという自戒の念に堪《た》えない。ひさし君は、今でも僕の親友である（と思っている）が、高校時代の陸上部の仲間として、ひさし君にとっての僕の存在は、面倒くさい奴であったであろう…。今だからこそ、他のことでもたくさん謝りたいと思うことがあるのだが、ひさし君は「ものが違い過ぎている」人だから、僕が抱いている感情など、気にもしていないに違いない。

一六〇〇mリレーは、僕のせいで予選落ちした。ひさし君から先頭でもらったにもかかわらず、三番まで順位を落としてしまった…。思えば、熊本入りしてから、いや、もっといえば、初めての県外遠征ということで完全にびびっていたのである。川田先生も前日刺激練習をみて、僕よりもじゅん君の方が走れているとわかっていたであろうに、なぜ、僕を使ったのだろうか。失敗させてでも三年間で本物にしてやるという親心だったのだろうか。僕にとっては、ほろ苦いどころか、最悪の南九州大会であった。

一年生のシーズンが終わり、初めての冬期練習期間を迎えることになった。川田先生もそうだし、先輩たちからも、「冬期練習次第で劇的に変わる」と言われていた。「これは、覚悟を決めて臨まなくては」と思っていたものだ。

身体能力の底上げを狙いとする冬期練習では、シーズン中にはやったこともなかったメニューが目白押しであった。近所の坂道ダッシュだの、サーキットトレーニングだの、さらには、ウェイトトレーニングの頻度と質も格段に高くなった。なかでも、水曜日に組まれていた二〇〇m×二〇本のインターバル走は地獄だった。水曜日になると、朝から気が重かったし、授業中も「雨降らんかな…」と思っていた。とにかく、鬼のメニューだった。しかし、二回、三回と経験するうちに、苦しさに耐える方法みたいな感覚をつかみ始めていた。というよりも、「この苦しいメニューをこなせば、強くなれるんだ！」という意識が高まってきたのかもしれない。

最初の五本あたりまでは、三十五秒以内でいい、つぎの五本は三十三秒、つぎの五本は三〇秒、ラスト五本、殊更《ことさら》にラスト二本は、二十七秒以内がノルマとなる。つなぎの一〇〇mは歩きにも近いジョギングであるものの、回復などできるはずがない。でも、それがこなせるようになったら、確実に力が付くことになるのだと信じ、取り組んでいた。思えば、中学時代、田中先生から、二〇〇m×五本×二セットをしっかりこなせたら、二分〇二秒以内で絶対走れるようになると言われていたが、それ以上の強度のメニューをこなせるようになったのだ。本当の意味での自信が芽生えてきたのが、高校一年生の冬期練習だったのだな、と思う。

それにしても、二〇〇を二十本は、いくら慣れてきたとはいっても、毎回きつかった。途中で脚が攣《つ》ってしまう者、インターバルのつなぎのジョギング中に嘔吐《おうと》してしまう者、要は途中棄権者が出るのが当たり前のメニューであった。

一度だけ、ひさし君と僕だけが最後までこなせた、という機会があった。二人とも倒れこんでいる。寒空の星を眺めながら「はあ、はあ、はあ…」と立ち上がれないでいた。なぜ、そんなことを言ったのだろうか。いわゆる、思春期ならではの、やりとりがなされることになった。

「はあ、はあ、はあ、ひさしくんって、いまよね、いまよ、もしも、河合奈保子（当時のトップアイドル歌手の一人）がやらせてくれると言ったらできる？」

と僕が尋ねた。すると、ひさし君は間髪《かんぱつ》入れずして、なおかつ、勢いよく起き上がって、

「絶対、するよ！、つやちゃんもするやろ！」と呼応してきた。

「そらあ、おれだって、絶対するよ…、はあ、はあ…」と倒れこんだまま答えた。

運悪く、本当に運悪く、そのやりとりを川田先生が聞いていた…。傍《そば》にいるとは知らなかったのだ…。

「おまえたち二人、あと二本行ってこい」

「てげな、がんばったのに、まじかよ…」と思いつつも、先生の顔は真剣そのもの。結局、二人で追加の二本を走る羽目になってしまった。あのときもまた、ひさし君には悪いことをしたなあと思っている。ニコニコ笑いながら、追加の二本を眺めていた川田先生のことをあれほど憎たらしいと思ったことはない。

ちなみに、「ものが違い過ぎ」ている、ひさし君が時々練習の合間にやっていた、小林旭の「昔の名前で出ています」と、プロゴルファーの藤木三郎のスイングのモノマネは「絶品中の絶品」であった。「この人には一生勝てんわ」と思ったものである。

「ものが違い過ぎていた」ひさし君の原点は、間違いなくひさし君のお父さんにあると思っている。ひさし君と親しくなってからは、数え切れないほど、ひさし君宅に遊びに行っていたものである。

初めてひさし君のお父さんに会ったときの印象は、眼光炯炯一分《がんこうけいけいいちぶ》の隙無《すきな》しとは、今の僕が述懐しながらの表現であるが、当時から、「すごい雰囲気を醸《かも》し出されているおじちゃんだなあ」と感じたものである。ひさし君のお父さんは、先に出てきた宮崎交通のお偉いさんであり、様々な重要な役職をこなしておられたらしい。ちなみに、僕の父親も宮崎交通勤務であり、バスの運転手であった。但し、二人の父親同士の仕事上の接点はまったくなかったようだが。

ひさし君の部屋にはつぎのような手書きの「訓示」が貼られていた。

「言われる前にする人は『上』」
「言われたことをする人は『中』」
「言われてもしない人は『下』」

父より

ひさし君は、この訓示を日々みつめ、「上」の生き方を全《まっと》うしようと努めていたのであろう。高校生ながらにして僕は、なんとなく、羨ましいなあと思ったものである。

ひさし君宅に初めて訪問することになったきっかけは、ひさし君が、家族団らんで夕食をとっていた折、部活動の話しになり、「つやちゃんっていうのがおってさあ、そいつの宗茂と谷口浩美（当時の国内トップクラスのマラソンランナー）のものまねがすげえうまいんよ！　これはまじですげえ！」と言ったらしい。そしたらすぐに、ひさし君のお父さんが「明日、連れてこい」となったらしい。

というわけで、ひさし君宅に招かれ、ひさし君宅の前の道で、僕は宗茂と谷口浩美の走る真似を熱演することになった。ひさし君のお父さんは、ニヤニヤと笑い、「たいしたもんじゃ」と褒めてくれた。

その後、ひさし君宅には何度となく、お邪魔し、ときにひさし君のお父さんから、深い話しを幾つも聞くことになった。その中の一つ。

「おれはな、職場の立場上、ときどき講演を頼まれるとよな。なかでもなあ、学校の先生たちに話しをする機会がときどきあるわ。あの人たちは最低やね。ということは、教育現場はだめじゃ、ということよ。必ず何人かは寝とる。生徒には寝たら怒るくせに、自分は人の話しが聞けない。だめよな。そういうときは、謝金をもらったらすぐに『生徒さんたちのために使ってください』と言って返すようにしちょるわ」

そしてまた、「学校の先生という人たちは世間知らずが過ぎる」ともよく言われていたものだ。当時の僕は、「ふーん…」といった感想であったように記憶しているが、同時に、ひさし君のお父さんの言葉にあった含蓄《がんちく》のあるとでもいうべき何かに接することで、その都度、僕は、強い関心を寄せていたように思う。特に前記の「先生は世間知らずが過ぎる」なる御言葉は、後の僕自身の研究関心にもなるわけだから。含蓄のある言葉は、ひとの関心を喚起《かんき》させる力があるのであろう。そしてまた、ひさし君の「ものが違い過ぎる」要因も、そのような含蓄のある言葉に日々接してきた中で育まれたものであると信じて疑わない。僕にとっては、本当にすごいおじちゃんである。

ちなみに、後年、ひさし君のお父さんとお母さんには、僕の結婚式の仲人を務めていただくことになる。「おれはな、昔から何回も仲人の依頼を受けてきたとよ。いろいろあってなあ、全部断ってきた。でもな、ひさしの友だちのことやからな、してやるわ」と言われ、感激したことを昨日のことのように思い出してしまう。その際、ひさし君のお父さんからは、こんなことを言ってもらった。

「夫婦とは『究極の他人』なんやから。そもそもは他人である人とずーっと一緒におるわけやから大変っていえば大変よな。だからこそ、日々、お互いを知り合おうと努めんといかんとよ」

今でも大切に思っている薫陶《くんとう》の一つである。

それにしても、であるが、「学校の先生という人たちは世間知らずが過ぎる」という、ひさし君のお父さんの所見は、大学人にもまさに通じていよう。但し、大学人は、「世間知らずを全うしてなんぼ」という側面もあるにはある。特に基礎研究の分野においては、「自らの研究活動が社会の役に立つかどうか」なんぞ考えもしない（場合もある）。否《いな》、考えていたら研究にならないという側面も存在しよう。しかし、「ひとを育てる」教育学や体育学といった学問分野においては、世間知らずの大学人であるべきでは決してならない、のであろう。そのことは、僕自身、絶えず気に留めてきたつもりである。

冬期練習が終わり、高校二年生のシーズンが始まった。結論から先に書けば、僕の競技人生の「絶好調期」は、この高校二年時であった。

冬期練習の成果はすぐに出た。僕の専門種目である八〇〇ｍでは、シーズン最初の試合で、二分〇秒八で走れた。「おー！　中学校の全国大会の標準記録突破やん！」と自信を深めた。先生や先輩たちが言っていた「冬期練習次第で劇的に変われる」というのは、本当なんだなと実感したものだ。

　自信を胸に臨んだ、高校二年生の県高校総体。今回は、ひさし君が初日に四〇〇ｍハードルで優勝。僕らのテントに帰ってきたひさし君に「やったね、おめでとう！」と言うと、「うん、ありがとう。でも、南九州大会が勝負だから」と、一年前同様、「見据えているところが違うなあ」と感心したものだ。

　今回は、僕も個人種目八〇〇ｍにエントリーできた。予選は、まさに「遊んだ」状態でトップ通過。「よし、このままの勢いでおれも八〇〇で南九州大会に行くぞ」と意気込み、準決勝のレースを迎える。川田先生からは、「四〇〇の通過は絶対遅いタイムになるから、脚を貯めておけよ。ここぞというタイミングを見極められたら、そっからはてげながんばって帰って来い」とのアドバイスを受けていた。

　折角《せっかく》なので、その準決勝のレースを詳しく振り返ってみよう。

　準決勝は三組あって、各組の上位二名と、それ以外にタイムの良い二名が決勝進出となる方式であった（陸上的には、「三組二プラ二」という言い方をする）。僕は第一組、同じ組には、前年、準優勝していた三年生、さらには、一年生ながらも前年の中学校全国大会八〇〇ｍで優勝した大物新人君もいた。僕は、例によって随分と緊張はしていたものの、「やってやるぞ！　と燃えていた。

さあ、出発のときを迎える。スターターが「位置に付いて」（今は、「オン・ユア・マーク」と英語で言う）、パーン！とピストルが鳴る。最初の一〇〇mまでの区間はセパレートコースで、それ以降、オープンコースとなる。オープンコースになった途端のこと、例の大物新人君が、まるで四〇〇mのレースのようなスピードで前を走り始めた。僕は、大物新人君を追うべく、一定の距離を保ちながら、レースを進めていた。

一周四〇〇mの通過、カカカカカカカランカランと「あと一周」の合図の鐘とともに、通告員（今は「アナウンサー」という審判員名称になっている）が通過タイムを告げる。「四〇〇mの通過は、五十四秒、五十四秒であります！」（いささか、通告員の声も興奮気味だったような記憶がある。「おい！　五十四秒だぜ」といった）。二番手を走っていた僕は、「おいおい、準決勝で五十四の通過かよ！　どうなってんだ！」との驚きにも近い思いで追走していた。本来、審判員である川田先生は、レース中に指示やアドバイスの類をしてはいけない立場であるのだが、四〇〇を通過してまもなくして、トラックの外から、「津谷、絶対、四番に入っておけよ！」と叫んでいる。僕は、「わかっていますよ！」と思いつつ、「プラスの二名は絶対この組から出るな。それにしても、先生の予想まったく外れてるじゃねえかよ」との思いを抱いていたものだ。先頭の四〇〇通過が五十四秒、僕ら二着争いの集団も五十六秒程度で通過していた。

バックストレートに入り、残り三〇〇m、僕は、僕自身の「ひらめき」を頼りに、敢《あ》えて、集団の後ろに下がってみた。僕の「ひらめき」（予想）は的中し、二着争いの集団のペースが落ちた。僕は、「よーし、やっぱりペースが落ちたな。皆、二着を取れれば良しという考えになってるな」と思いつつ、「最後の一〇〇mでおれが差し切ってやる」と決心し、そのときを待った。ただ、今にして思えば、ペースが落ちたその瞬間にロングスパートをかけておくべきだった。観戦していた母親も「残り二五〇mでしかけちょけばよかったとよ！」と言っていたものだ…。正直、母親の競技観（レース分析？）は、川田先生よりも上だったと今でも思う。

僕は、この八〇〇m準決勝の前に、四〇〇mリレーのアンカーを走っていたこともあり、『ラストのスピード勝負になったら絶対に負けない』との自信を持っていた。さあ、最終の第四コーナー、先頭を走っている大物新人君は、すでに決勝に備え、力を緩《ゆる》めながら走っている。それがわかるぐらい、僕は冷静だったということだろう。

「よし！　ここだ！」と思った瞬間のこと、並走していた隣の選手のスパイクが僕の左膝に接触し、バランスを崩してしまった。僕は、四人のスパート合戦で、一瞬ではあるものの、後手にまわってしまったのだ。しかし、ラストのスピードには自信を持っていた僕は、後手にまわってしまった分を取り返すべく、全力を振り絞った。ゴール（現在はフィニッシュと言う）は、二着から五着までが、コンマ二秒の間で納まる大接戦となった。結果は、二着が前年の準優勝者の三年生、僕は、四着と同タイム（一分五十九秒一）の五着…。

当時の宮崎県の陸上競技場には、電気計時と写真判定装置（一〇〇〇分の一秒までの着差判定が可能）がなかったため、いずれのトラック種目ともに手動計時で実施されていた。決勝審判員が着順を目視で判定するのであるが、しばらく四着、五着の結果が発表されなかった。唯一、ゴール（現在は「フィニッシュ」と言う）地点に設置してあったビデオカメラの映像をもとに、決勝審判員が着差を審議していた。そこには、他の審判部署にいたはずの川田先生も同席していた。結果は、やはり、僕が五着…。

それこそ、「たられば」の話しであるが、ラスト一〇〇m地点での接触さえなければ、二着は僕だった、と思うことにしよう。それに、手動計時ではなく、電気計時であったならば、一〇〇〇分の何秒かの差で僕が先着していたのではないかとさえ思えてならない。しかし、負けは負けである…。予想どおり、プラスの二名は、僕が走った一組目から拾われることになった。

五十一歳になった今でも、僕の左膝の内側には、接戦を演じた同じ組の選手と接触したときのスパイクの傷がケロイド状になって残っている。こうやって、振り返りながら文章にしてみると、観戦していた人たちにとっては「てげな、おもしろい」二着争いだったのであろうなと思ってしまう。ちなみに、僕は今でもたまに職場にある四〇〇mトラックをジョギングすることがある。そんなときは決まって第四コーナー付近になると、ドキドキしてしまっている。正か負かはわからないが、僕にとっては一種の「トラウマのコーナー」なのであろう。

同じく、八〇〇mにエントリーしていたよういちろう君の準決勝の組（第三組）は、比較的「楽な」メンバー構成となり、余裕の一着で決勝進出となった。「なんか、おれ、運が悪いなあ…。まあ、しかたがない。一六〇〇mリレーで頑張るしかない」と、無理やり気持ちを切り替えようとしていた。ちなみに、よういちろう君は翌日の決勝で三着。南九州大会出場である。そのときはさすがに「おれも行けたはずなのに…」と少々落ち込んだものだ。

この試合（県高校総体）で僕は、急遽《きゅうきょ》、四〇〇mリレーも走ることになった。当初、アンカーを走るはずだった先輩が故障のために、僕が代走することになったのである。「八〇〇の選手がヨンケー（四〇〇mリレーの通称）を走れるのかな…」と不安を感じながらも、冬期練習中に、三走を走るじゅん君とは、エンドレスリレー（先生が「終わり」というまで、いつまでも続くリレー形式のインターバルトレーニング的な練習…、これもまた「鬼のメニュー」の一つであった）で、バトンパスをする機会が多々あったので、そこは問題ないと思っていた。「ヨンケーを走ってもらうからな」と言われたときは、「おれが走るんだから、良くて準決勝止まりだな」と思っていたが、うちのチームは、一走から三走は、そこそこ走ってくるメンバーであった。なかでも、二走には、ひさし君が据えられていたから、そこで、がーんと順位を上げてくる。四〇〇mリレーの準決勝は、八〇〇m準決勝の一時間前に実施されたこともあり、僕の中では、「八〇〇の準決勝に向けた良いウォーミングアップやん」程度の気持ちでいた。四〇〇mリレーの準決勝も三組あって、「二プラ二」の方式であった。僕は、じゅん君から首位争いでバトンをもらい、二着で決勝進出することになった。「あれま、ヨンケーで決勝進出やじ！」と正直、僕は驚いていたものだ。

八〇〇mで準決勝落ちした後、一つ上の女子マネジャーの先輩に応急手当をしてもらった。思えば、てげな美人な先輩で、他校の生徒たちからよく写真を撮らせてくれと頼まれていたものだ。その話しは長くなるからよかろう。僕は、四〇〇mリレーの決勝に向けたウォーミングアップ中、こんなことを思っていた。「南九州大会に行ければ、松末先輩がアンカーを走れる。ヨンケーでもインターハイに行けるかも」と。そんなことを考えていたとき、日頃はサブトラックに顔を見せることなどほとんどなかった川田先生が来られた。そして、僕に対して一言。「津谷、とにかく逃げてこい。六番以内でいいんだから」。先生からそういう言葉をかけられるまでは、僕自身もそう思っていた。「六番以内でゴールすればいいや」と。しかし、「逃げてこい」、「六番でいい」と言われたことで、どういえばいいのだろうか、八〇〇の準決勝での落選のショックも相まってか、プライドを傷つけられたような思いになってしまい、「絶対、勝ってやる！」と気負ってしまったのである。僕は、「気負い」と「気合い」は紙一重の関係にあると思っている。なぜ、あのときの僕は、「気合い」をこめてヨンケーの決勝に臨めなかったのだろう…。理由は簡単だ、「弱かったから」である。

決勝のレース、二走のひさし君はトップ争いの走りをしている。じゅん君にきれいにバトンが渡る。そこからの記憶があまりない…。僕は、「絶対、勝ってやる」という気負いが払拭《ふっしょく》できないまま、トップ争いをしてくるじゅん君と決めていた「出走マーク」（歩測で、スタートするポイントにテープで貼っておく）よりも早くスタートしてしまったのだ。僕は、「じゅん君、早く『はい』と言って！」と心の中で思いながら走っていたように思う。しかし、聞こえてきた声は、「はやーい！」であった。要は、バトンが渡せないという合図である。僕は瞬時にスピードを緩め、じゅん君からバトンをもらうも、そこはテークオーバーゾーンの外であった。失格である…。

「やってしまった…」と茫然《ぼうぜん》とする僕、ゴール地点でうなだれていたら、僕の高校のバレーボール部の先生から、「恥ずかしいから、早く外に出ろ！」と言って怒られてしまった。茫然自失《ぼうぜんじしつ》とは、このような状況なのだなと、それは今になってそのときの僕の状況を思う。一応、翌日のこともあるので、サブトラックに行って、クーリングダウンをせねばならない。つらい時間であった…。一走の北村先輩、故障で走れなかった松末先輩に「申し訳ありませんでした」と伝える。二人とも返事はなかった。そうこうしていたら、川田先生がサブトラックに来られた。僕は、「初めて、川田先生にくらされることになるのであろう」と覚悟を決めていた。すると、第一声は、「津谷、しかたがないよ。おれもやったことがあるから。つぎの一六〇〇リレーでがんばれ」とだけ言われた。その言葉を聞き、僕は堰《せき》を切ったように涙が止まらなくなってしまった。クーリングダウン中、誰も話しかけてこない中で一人、ひさし君が僕の肩を叩き、「つやちゃん、バトンミスした後の走りはアンカーの中で一番速かったじ。おれも負けたはず」と言ってくれた。やっぱり、ひさし君は「ものが違い過ぎる」。

それにしても、八〇〇の準決勝落ち、ヨンケーでの失格、県高校総体二日目は、僕にとって最悪の一日であった…。

翌日の一六〇〇mリレーの予選の前には、北村先輩、松末先輩ともに、前日とは打って変わって、「津谷、今日は昨日の分までがんばれよ！　おまえだけ特別に応援するからな！」と言ってくれた。さすがは先輩たちである。

一六〇〇mリレーの走順は、じゅん君、僕、上村先輩、そしてアンカーひさし君。僕は初めて走る二走であったが、セパレートコースから、オープンになる感覚は、八〇〇のレースで慣れていたこともあり、とにかく我武者羅《がむしゃら》に「突っ込んで」行った。「絶対、誰にも前を走らせない」との強い意志をもって臨んでいた。先頭で上村先輩へパス。アンカーのひさし君も先頭でゴール。余裕の予選通過であった。僕は思った。「これは予選。明日は今日以上の走りをしてやる！」と。

迎えた最終日の最終種目。一六〇〇mリレーの決勝である。僕は予選以上に前半から「突っ込んで」走り、二番で上村先輩にバトンを渡すことができた。上村先輩の走りが凄かった。先頭は、N高校が断トツで前を行っていたが、六チームほどの混戦の二位争いを制し、アンカーのひさし君へ。走り終えた僕は、「ひさし君頼むよ！」と声をかけた。ひさし君は、今まで見せたことがないほどの集中した顔付きで返事はなかった。六チームくらいの大混戦の二着争いをひさし君は制してみせた。レース後、そんなことはまったくないのに、ひさし君が「つやちゃんのおかげで二番になったやん、ありがとう！」と言ってくれた。僕は黙っていたけど、「違うよ、ひさし君のおかげよ」と思い、高校二年の県高校総体は幕を閉じた。

僕らの高校は、ひさし君、よういちろう君の優勝と入賞、西河先輩の一五〇〇m入賞と、なんと五〇〇〇m優勝、それにリレーの二位入賞もあり、対校得点で総合四位になった。「総合で入賞するのは久しぶりだな。おまえたちよくやった」との川田先生の談を聞くに付、「ヨンケーで六着以内だったら、総合で三番になれていたのに…」と、僕は申し訳ない気持ちでいっぱいだった。

つぎは南九州大会である。会場は沖縄。「わー、生まれて初めて沖縄に行ける」とワクワクする気持ちの一方で、僕は、「今年の南九州大会は宮崎だったらよかったのになあ…」と思っていた。一年生のときの熊本遠征の失敗が心の中で、トラウマとまではいかないが、残っていたのだろう。

「県外遠征では力が出せない」と思ってしまっていたのである。

しかし、南九州大会に向けた練習は順調そのものであった。僕はリレーに専念するために四〇〇の練習に特化したメニューをこなしていた。川田先生は、「加速走」のタイムトライアルを多用される方で、南九州大会前には、三〇〇mの加速走（十メートルの加速を付けてスタートし、記録を測定する）で、僕は生涯自己ベストを出すことになる。三十四秒八だったと思う。川田先生からは、「ふつーに走れば、四〇〇は間違いなく、四十九秒を切ってくるから。自信をもっていいぞ！」と言われていた。その頃は、すでに僕自身も記録の意味と価値を理解していたこともあり、「先生の言うとおりだと思う。やってやるぞ！」との思いでいっぱいだった。

宮崎空港から飛行機で沖縄へ。人生で初めての飛行機であった。ちなみに、現在は宮崎から沖縄への直通便はない（はずだ）。南下するにつれて、海の色が違ってくる。宮崎の海とはまったく異なる、まさに南の島の海であった。

那覇空港に到着。宮崎県選手団でチャーターしたバスで会場の沖縄市へと移動した。バスを降りて思った。「暑すぎる…」。

南九州大会は、県高校総体が終わって二週間後の六月下旬に開催されていた。その時期、宮崎は梅雨の真只中であり、気温もさほど高くなかった。しかし、その時期の沖縄は既に梅雨明けしており、真夏を迎えていたのである。「今年の南九州大会は宮崎だったらよかったのに」と思った、僕の不安は的中することになった。僕は、暑いのが苦手だったのだ。暑いのが苦手とか言っていたら、真夏の時期に開催されるインターハイでは到底勝負できるはずもないのだが、本当に暑いのは苦手だった。そもそも生まれながらにして、食べ物の好き嫌いがひどく胃腸系が弱い体質だったのであろう。夏場になると、食欲が減退していたものだ。

宿舎に着いて早々、前々日練習で競技場に向かった。やはり暑い…。いや、熱い…。どうしたものか、弱気になってはだめだと自分に言い聞かせながら、調整メニューをこなすも、動けば動くほど、疲労が蓄積されていくことが自覚できた。宿舎では、ムードメーカーとして帯同してこられていた興梠《こうろき》先輩の存在もあり、気持ちだけは切らさずにいられた。でも、僕の中では不安が増幅《ぞうふく》していく過程が自覚できていた。「とにかく暑い…」、それればかり考えていた。

大会初日は、ひさし君の四〇〇mハードル。今回は見事に二位入賞。インターハイである。今回の僕の思いは前年とは違っていた。心から「おめでとう」と思っていたし、「一緒にリレーでも行こうぜ！」と思えていた。ひさし君に「おめでとう、インターハイやね」と言うと、いつものとおり、「ありがとう。リレーでも行くからね！」と頼もしい言葉が返ってきた。

翌日には、八〇〇mのレースがあり、よういちろう君が決勝に進出した。「こらあ、ようちゃんもまた、インターハイかな！」と、必死に応援した。結果は七着、残念…、と思っていたら、第二コーナー（スタートして一〇〇m地点）の審判員が黄色の旗を上げている。要は、誰かに走法違反（セパレートコースからオープンに入るのが早い選手がいたということ）があったという合図である。「やったあ！　ようちゃん、六番になれるやん！」と思ったのも束の間、走法違反者は、ようちゃんであった…。テントに帰ってきた、ようちゃんは「ごめん。やってしまったわ」と屈託《くったく》のない笑顔であった。川田先生もなぜか笑っていた。「ようちゃん、残念だったねえ」と思いながら、僕は、「よーし！　リレーでインターハイに行けたら、ようちゃんもサブで一緒に行けるんだから」との思いを、一時《いっとき》は強く抱いていたものの、それとは逆に、正直なところ「でも、からだがどんどん動かなくなっているんだよなあ…」という不安な思いでいた。

さて、一六〇〇mリレー予選。結果を先に書こう。予選落ちに終わった。ランキングは四番だったのに…。案の定、僕のせいである。ラップで五十一秒近くかかってしまった。三走の上村先輩、そして、アンカーのひさし君の猛烈な追い上げもかなわず、プラスでも拾われなかった。何度でも書こう。僕のせいである。

一六〇〇mリレーの決勝レースはスタンドから観戦せざるを得なかった。六着のタイムは、僕らが県高校総体で出した記録よりも三秒も遅かった。勝負の世界に「たられば」はタブーであるが、その年の南九州大会が宮崎で開催されていたら、おそらくは、一六〇〇mリレーもまた、インターハイに出場できたであろう、と思いたい。大人になった今でもたまーにではあるが、あの、南九州大会一六〇〇mリレー予選落ちの瞬間を夢で見ることがある。そのたびに「は！」と飛び起き、「あー夢かあ…」と思いながらも、その後、しばらくは眠れなくなることがある。これもまた、僕らしいというか、僕という人間は、心底、気の小さい人間なのである。だからこそ、僕は、うつ病になるような人間なのだ…。

その年の南九州大会は、沖縄開催ということもあり、後泊が付くことになった。落ち込んでいるリレーメンバーを励まそうとしてくれたのであろう、川田先生はタクシーを借り切って、景勝地でもある嘉手納《かでな》ビーチへ海水浴に連れて行ってくれた。そこには、他県の高校の多くも来ていた。あまり気乗りしなかったが、せっかくの沖縄の海だしなとの思いで、ランパン一枚になってみんなで楽しむことにした。

この文脈で書くのも、唐突《とうとつ》であるが、僕は、ひさし君に「悪いことをしたなあ」と思うことが幾《いく》つもある。そのうちの一つが、このときの嘉手納ビーチでの出来事である。

僕らは、先輩たちと一緒になって海の中で、ビーチボールバレーをやって燥《はしゃ》いでいた。そのとき、ビーチボールが風に流され岩場の方に流れて行ってしまったのである。先輩の一人が「ひさし、早く取って来い」と言い、気の良いひさし君はそれに従い、ビーチボールを取りに向かって行った。そのとき、僕は瞬時に「おれが行かんといかんのだ!」と思った、のは今の僕の気持ちに他ならない。ビーチボールが転がっていった先は岩場であり、インターハイに出場するひさし君ではなく、僕が取りに行くべきだったのだ。案の定、ひさし君は、岩場にいたのであろう、「うに」に近い、トゲ状の球体生物たちの餌食《えじき》となり、両足底に複数のとげが刺さってしまったのである。夜、ホテルに帰ってからも、ひさし君は、「てげな、いてーじ（痛いよ）」と言い続けていた。繰り返すが、あのときのビーチボールは、僕が取りに行くべきだったのだ。本当に、本当に悪いことをしたと今でも後悔している。

正直に書こう。そのときの僕は、むしろ、ひさし君が言っていた「てげな、いてーじ（痛いよ）」という言葉に接し、「せっかくだけど、インターハイには行かんどき（行きなさんな）」なる思いの方が強く抱かれていたように思う。つまりは、一人だけインターハイに行けるひさし君に対する嫉妬心《しっとしん》の方が大きかったように思えてならない。無いもの強請りの僕の意地汚い性質と性格の真骨頂と言って良いだろう…。

宮崎に戻って、ひさし君は病院に行くことになった。数日は運動禁止との診断結果であった。そのことを、体育教官室にいる川田先生に報告に行ったようだ。帰ってきたひさし君からは、おそらく、それ以来、今に至るまで聞いたことがない言葉を聞くことになった。

「川田先生がよ、こんげして言うたとよ（こんなふうに言ったのよ）。おまえは、県で優勝して満足しているんだろ。いいわあ、そういう気持ちならばそれでもいいよ。インターハイは修学旅行のつもりでいけばいいわ」

と言ったらしい。

それに対して、ひさし君は、何も応えなかったようだ。

「おれよね、あんげ、（あんなに）頭に来たことはない。てげ、しんきなあ（「悔しい」を意味する宮崎弁）。まじで、まじで頭に来た」

ひさし君が他人のことをこれほどまでに激しく悪く言ったのは、後にも先にはこのときが最初で最後だと思う。川田先生にしてみれば、むしろ、ひさし君の奮起《ふんき》を促そうとの思いで言われたのであろう。しかし、言う相手が違う。僕のような人間に言うのならば効果は覿面《てきめん》だったのであろうが、相手は「ものが違い過ぎている」ひさし君である。先生も若かったのであろうか…。と同時にひさし君の真の人間性に接することになり、正直なところ、ほっとしていた僕がそこにはいたようにも思う。

インターハイ出場を逃した僕は、しばらく途方に暮れていた。僕の高校は、二年生の夏休み（七月下旬）に修学旅行が組まれていた。インターハイに出場するひさし君は、強化練習と調整期間に入ることもあり、修学旅行には行けない。実のところ、僕もそのパターンで「おれ、インターハイがあるから修学旅行には行けないから」と言ってみたかった。しかし、現実は、インターハイには行けない。同じく、高校野球の県予選の最中にあった野球部員もまた、修学旅行には行けなかった。あいつらは、それが当たり前の部活動であったから、御丁寧に、修学旅行の出発日には宮崎駅に同級生の野球部員が全員集合し、「おみやげ頼むぞお！」と集団で連呼しながら見送ってくれた。無論、ひさし君は、その場にはいない。川田先生との強化練習の真只中であったのであろう。

僕は高校の修学旅行に行ったことを後悔している。行った先のこともほとんど覚えていない。唯一、昔の後楽園球場で都市対抗野球をぼやーっと観戦したことを記憶している程度である。あ、それと東京からのフェリーの中で添乗員さんと将棋を指し、僕が勝ち続けるものだから、添乗員さんが「もう一局だけ」を繰り返され、昼飯を食い損《そこ》ねたことぐらいか…。

今にして思えばであるが、僕は、川田先生にこう言って欲しかった。「津谷、来年こそはインターハイに行くぞ。だからな、修学旅行には行かずに、ひさしのトレーニングパートナーとして強化練習に付き合え。そして、悔しいかもしれんけども、インターハイにも一緒に来い」と。いや、違うな、僕自身がそのような旨を先生に対して懇願《こんがん》し、修学旅行には行かなければよかったのである。それができなかった。なぜ、流れに任せて修学旅行に行ってしまったのか。あのとき、宮崎に残って、ひさし君の練習に付き合っていたら、翌年の、いや、その後の競技人生は全然変わっていたのであろう、と思えてならない。これもまた、僕の人生の中での大きな後悔の一つであるし、「またもや、ひさし君に悪いことをしたな」と思うエピソードの一つである。とともに、僕という人間が有してきた、けじめの悪さとでも言うべき性質と性格の本質なのであろうと思ってしまう。それは、僕という人間が有してきた「無いもの強請り」を象徴する感情にも相通じているのであろう。おれという人間は本当にだめな男である。

ひさし君の初めてのインターハイ（山口インターハイ）は、予選落ちに終わった。南九州大会後の嘉手納ビーチでビーチボールを僕が拾いに行っていさえすれば、少なくとも、ひさし君がインターハイで予選落ちすることはなかったであろうに…。繰り返すが、今の僕は、そのことに対して本当に申し訳ないことをしたと思っている。

以上、高校二年生までの部活動を取りまくエピソードを少々長めに紹介してきたが、ここで五つ目の【なぜ、僕という人間はうつ病になったのか】の要因を見出せそうな気がしてきた。高校二年生であった僕は、「主体性が著《いちじる》しく欠如している人間」に他ならないわけである。修学旅行に行かなければよかったなどと記してはいるものの、本当のところは、ひさし君に対する嫉妬心しかなかったように思えてならない。嫉妬心はあっていい、競技者である以上、それは当然の心理だと思う。ただ、修学旅行に行くと決めたならば、精一杯修学旅行を謳歌《おうか》すればいいわけだ。自身で文章を綴《つづ》りつつ思ってしまう。僕は本当に生半可な人間だと。そりゃあ、なるべくして、うつ病になるはずである。はあ…。

インターハイが終わり、夏場の強化練習期間を迎えた。この年は、お盆休みを利用し、県北の工業高校と一緒に、三泊四日の合宿を組むことになった。他校の部員と寝食をともにすることで、少なくとも僕の中では大きな刺激を得ることになった。暑さが苦手な僕であったが、その合宿では、順調に練習メニューをこなすことができ、そしてまた、県北の工業高校の奴らと新しい友人関係を築くことにもなった。貴重で楽しい合宿だった。

合宿中の練習とはまったく関係ないことであるが、合宿をともにした県北の工業高校の顧問の先生は、川田先生の高校時代の指導者（顧問教師）という関係であり、先生同士でありながらも、「おい！　川田、ちょっとこっちに来い」と呼び捨てにしていた。その様が、当時の僕には、どういうわけか、とても新鮮というか、羨ましいとでもいうか、大変好感をもって受け止められていた。「そーよね、川田先生にも先生がおったわけよね」という、当たり前のことなのだが、一生徒としては、先生が先生のことを呼び捨てにする様に接することで、先生たちの「人間性」みたいなものを垣間見《かいまみ》る思いであったのであろう。妙に嬉しい思いになったことを、今でも良く覚えている。そういった感覚は、今の僕を取りまく人間関係——教員同士の関係性における信頼感の有無みたいなものにも通じている（僕は、気の置けない間柄になった人は「さん付」、そうでない人は「先生」と使い分けている）。ちなみに、その県北の工業高校の先生（中村民雄先生）は、僕らの高校の部員にはとても優しく、また、丁寧に指導をしてくださっていた。試合等でお会いするときには、「今日の走りはよかったぞ」とか「こういうところに気を付けて走ってごらん」とか、適切かつ心のこもったアドバイスをいただいたりもしていた。しかし、自分の高校の部員には大変厳しく、体罰指導を何度も目の当たりにしていた。夏の合宿の折、同じ部屋になった県北の工業高校の部員は三人であったが、異口同音にして「今日もたみおにくらされた。入学してからずーっとこんな感じやじ。卒業式が終ったら、絶対、たみおをくらしてやる」と物騒《ぶっそう》なことを言っていたものだ。

仲良しになっていた県北の工業高校のちから君は、おもしろおかしく、日常の中村先生の指導内容を紹介してくれたものだ。「放課後、グラウンドで集合するやろ、そしたら、たみおは決まって西日を背にしておれたちに話しをするわけよ。まぶしいから目を細めてしまうよね、そしたら、『おいこら！　なんかその眼付きは！　ひとの話しを聞く時の眼か！』って言ってさ、くらされるんよ」、さらには、「専門練習のために西階《にししな》陸上競技場で練習するときさ、九時集合で、おれたち、八時五十五分に着いたわけよ。そしたら、たみおが先に来とってさ、『生徒よりも教師が先に練習に来とるような学校がどこにあるか！　もう知らん！　勝手にしろ！』って帰るわけよ。集合時間前よ。仕方がないけさ、自分たちだけで練習メニューこなして、終わりの集合しようと思ったら、たみおが来るわけさ。『なんかあ、今日の練習は！　おれがみちょらんかったら（みていなかったら）、適当な練習しやがって！』と言って、また、くらされるんよ…。競技場横の山の上から練習みちょったんよね。あいつ、本当にしんきねえ（「憎たらしい」を意味する宮崎弁）奴やじ」らしい。僕とひさし君、じゅん君は笑い転げながらその話しを聞いていたが、ちから君の後輩たちは、「うんうん」と頷《うなず》きながら、苦悶《くもん》の表情に終始していたものだ。

　これは後日談となるが、聞けば、県北の工業高校の中村先生は、卒業式前のおおよそ一週間くらい前になると、陸上部員がいる教室を回って「おまえたちは三年間、よく頑張った！　おまえたちの頑張りをみて、おれは教師としていつも感動していた。卒業式の晩は空けておけよ！　飲みに行くからな！」と連日、教室を訪問されていたらしい。そのせいもあってか、「あんなふうに何度も何度も言って来られたら、くらせんわね…」ということだったらしい。まさに、見事な人心掌握術《じんしんしょうあくじゅつ》である。さらに、後日談があって、ちから君が街で飲んでいたら、他校に異動されていた中村先生と偶然会うことになり、話しをしたそうな。「先生、のべたか（県北の普通科高校）でも、生徒たちをくらしておられるんですか」と尋ねたところ、「普通科の子たちは頭の出来が違うからくらす必要はない」とのことだったらしい。「やっぱり、卒業式の日にたみおをくらしておくべきだったわ」とちから君。僕らとはまったく異なる「指導」を受けてきた彼らとの交流は高校卒業後も長く続いている。読者におかれましては、どうか愉快な昔話として受け取ってもらいたい。

夏場の鍛錬《たんれん》期を終えた秋シーズンのメインイベントは、県高校新人大会（一年生と二年生が出場する大会）となる。僕は、八〇〇mで三位に入賞した。惜しくも、九州高校新人大会への出場権を逃した（現在は、各県各種目三位までが出場できるようになったが、当時は二位までであった）。上村先輩を欠いた一六〇〇mリレーも三位で九州大会には進めなかった。ひさし君のみが四〇〇mハードルで当然のごとく、九州大会出場を決めたのみであった。しかし、この試合をきっかけとして、僕個人は、次の年に向けた「手応え」を得ていた。「今年の冬期練習を乗り越えたら、来年こそ、個人種目でもインターハイに行けるはず」との自信に満ち溢れていた。

九州高校新人大会が終わった後、川田先生は毎年、「コントロールテスト」（定期的に同じ距離を走らせ、記録の推移・変動を確認するためのトライアル）の機会をつくっていた。僕とよういちろう君は、六〇〇mと一〇〇〇mの二種目を測定することになった。一〇〇〇mこそ、際どくよういちろう君に負けたものの、生涯自己ベスト記録となる二分三十四秒で走り切った。よういちろう君は三十三秒だったと思う。一時間ほどの休息を挟《はさ》んで次は六〇〇mのトライアルである。これは僕が勝った。一分二十三秒（陸上的には八十三秒）で走破した。よういちろう君に二秒ほど差をつけたと思う。これもまた、生涯自己ベストである。夏場の鍛錬期の成果が確実に出ていたのであろう。あの、コントロールテストの時期に試合があれば、おそらく、八〇〇mは、確実に一分五十五秒あたりで走れていたと思う。が、それもまた、「たられば」の話しである。川田先生もまた、「えらいことになったなあ！　すげえタイムできたな！　来シーズンは絶対に行けるぞ」と言ってくれていた。と同時に、僕自身は、「今、八〇〇を走れる試合はないものかな」と思っていた。ちゃんとした記録を残し、自信を得た状態で冬期練習に臨みたいとの思いであったのだ。しかし、県内の試合（トラック種目）はすべて終了していた。県外の試合を探せばあったのかもしれないが、先生はそこまでは考えてくれていなかった。「まあいい、さあ冬期練習だ！」と気持ちを切り替えざるを得なかった。

冬期練習は一年生のときと同様に、苦しいメニューばかりであり、コントロールテストのタイムもあってか、殊更に、僕に対する川田先生の要求水準は高くなっていた。それでも、悶絶《もんぜつ》しながら、ひさし君、よういちろう君、じゅん君、それに後輩たちと励まし合いながら、寒空の下、野球部の内野を明々と照らしているナイター照明の僅《わず》かなもらい灯を頼りに、何とか走路を見極めつつ、走りに走った。そんな折、十月下旬あたりになった頃、川田先生が「練習の一環で高校駅伝走るぞ。二区の三キロな」と言ってきた。「おー！　高校駅伝かあ！　今のおれだったら、三キロどれぐらいで走れるのかなあ、九分ちょいでは走ってみたいなあ」などと心を躍《おど》らせていたものだ。

一年生の冬期練習でも、よういちろう君たち長距離ブロックに交じって、十二キロくらいのロングジョグに関わることがあったし、この冬期練習でも、同じように週一回は十二キロのロングジョグをこなしていたので、それなりに長距離に対する自信も芽生えつつあった。但し、一年生の頃は、よういちろう君のジョギングのスピードが速くて、「ようちゃん、もう少しスピード落とそうや」と懇願《こんがん》ばかりしていたものだが、二年生になったら、「それなりに」よういちろう君のペースに付いていけるようになっていた。それに、宮崎といえば駅伝は花形レースである。九州一周駅伝（今は無くなってしまったが…）で、毎年、宗兄弟や佐藤市雄、谷口浩美といった錚々たる宮崎県選手団が快走し、何連覇もしている最中、中距離が専門であった僕もまた、当たり前のように駅伝には強い憧れを抱いていた。その駅伝で走れる。それはもう、僕の心の中では、舞い上がらんばかりの喜びであった。

十一月上旬の日曜日、西都市を会場とした宮崎県高校駅伝大会が開催された。メンバーは前日に現地入りし、僕は、川田先生の車に乗せてもらい二区のコースを把握した（今にして思えば、試走もせずに本番に臨むなんて有り得ないことなのだが）。その後、T高校のグラウンドを借りて、前日刺激で一〇〇〇mを一本メンバー全員で走った。僕は、二分四十五秒ぐらいで走ったと思う。今にして思えば、出鱈目に速すぎる前日刺激のタイムだ…。その年の宿舎は、どういうわけか、お寺だった。「会場が西都ならば、別に当日朝入りでもいいんじゃねえのかなあ」とも思ったが、メンバーの結束を高める意味もあっての前泊だったのであろう。

さて本番。僕は楽しみでしかなかった。当時は、女子の部はなく、男子のみ。全国大会同様、午後十二時三〇分にスタート。一区十キロは当然、よういちろう君。よういちろう君は区間四位で持ってきた。タスキは二区の僕に渡った。当時は、各学校の監督が原付バイクで選手の後ろを伴走できていた。川田先生からは、「津谷、よーし、がーっんと入れ！」との指示が出された。「がってんだい！」と思いつつ、僕は、突っ込んで走り始めた。一キロの通過、川田先生から「よーし！二分四十九だ！　このままいくぞ！」の声がかかる。僕の中ではまだ、「がってんだい！」であった。二キロの通過、川田先生から「よし！　五分五十一だ。この一キロ三分二秒！　九分切れるぞ！　そのままそのまま」との指示が聞こえる。その辺りから「がってんだい」の気持ちが薄れ始めた。「まずい、いや、きつい…」という思いに変わっていた。後ろからは「こら、二キロまでの走りでいいんだぞ！　そのまま気持ちよく走り切れ！」との声が飛ぶ。もうそれどころではなくなっていた。ラスト四〇〇mあたりで三区を走る後輩の姿が見えてきた。でも、進まない…。脚が動かない…。にもかかわらず、後ろからは「こら！　あと四〇〇ちょっとやろうが！　大丈夫。がんばれ！」との檄《げき》が飛ぶ。その瞬間だった。僕の身体は完全に固まってしまった。陸上用語で言うところの「死んだ」状態になってしまった。ふらふらになっていることが自分でもわかった。あと、二〇〇、あと一〇〇m、わかっているのに動かない…。川田先生からの檄は懇願へと変化していた。「津谷！　頼む、走り切れ！　頼む、タスキをつなげ！」。やっとの思いで、本当にやっとの思いで三区にタスキ渡しができた。最後の四〇〇mぐらいは意識朦朧《いしきもうろう》であった。今にして思えば完全に「入りの一キロ」がオーバーペースだった。それでも、記録は九分四十八秒、「あがり」の一キロは四分近くを要したわけだ…。区間順位は見る気にもならなかった。何人に抜かれたのかも考えないことにした。でも、正直、かなりショックだった。「こんなにラスト走れないのか…」と。

僕らの高校の最終順位は、二十二位だったと思う。「また、おれのせいだ…」。リレーに続けて、今度は駅伝でもやらかしてしまった、との思いに苛まれ、その日の僕は相当なショックを受けていた。応援に来ていた母親からは、「なんね、あの最後の走りは。お母さんが走った方が速かったが」との、心ない感想を聞くに付、「おれは陸上に向いてない人間なのかな」と思い、その日はつらく、よく眠れない夜を過ごすことになった。

しかし、翌朝には、てげてげ精神が発揮されることになる。「駅伝は冬期練習の一環だったんだから」と思い直している僕がいた。いつものように、片道八キロ強の道を自転車で朝補習のために登校し始めたときのこと、「あら、力が入らんじ…」。身体の変調の始まりであった。まだ、この頃は、こらぼくじゃとはまったく思っていなかった。駅伝を走った後の一週間はフリー練習になったが、僕は、ジョギングさえまともにできない、いや、走れないわけではないのだが、動きがギクシャクしていてまったくしっくりこない。一週間経っても、元の感覚に戻らなかった。川田先生にその旨を伝えることにした。「整形外科に行ってこい」と言われた。結果は「腰椎分離症」と診断された…。「競技者として走り続けたら、歩けないからだになりますよ」と言われた。目の前が真っ白になった…。川田先生からの進言と紹介もあり、宮崎医科大学で精密検査を受けることになった。結果は同じく「腰椎分離症」。しかし、最初に受診した医師とは違って、「リハビリテーションのメニューを教えますから、週一回来なさい。走れないことは絶対ないですよ」。少しだけほっとした。但し、高校に入ってから積み上げてきたものが、大袈裟にいえば完全リセットにも近い状態になったわけである。てげてげな僕もさすがにこのときばかりは、「こらぼくじゃ…。終わったわ」と思ってしまった。「人生で最も絶好調だった高校二年生の時期」と先に書いた。その真相はそんなわけである。

高校三年生のシーズンが始まる頃には、「走れることは走れる」という状態にまで回復していた。川田先生も先生が知り得る限りの知識と人脈を頼りに、僕の治療と再起を支援してくれていた。しかし、最早、僕の中での気持ちがそれに応えられない状態になってしまっていた。悔しいやら悲しいやら、である。

そんな状態になって少ししてからのこと、僕は、川田先生に対して反発にも近い言葉を発してしまうのだ。「先生、土日だけでもいいです。県北の工業高校の中村先生の指導を受けに行かせてください」と。川田先生からの返答は当然のことながら、「だめに決まってるだろ！　おまえはどこの部員なのかわかっているのか！」とのかなり強い叱責を受けた。その頃の僕は、「川田先生は、ひさし君がインターハイで入賞できさえすれば良し」との思いでいると勝手に思い込んでいたのだ。それに、「おれも中村先生にくらされて気合いを入れてもらおう」と本気で思ってもいたし…。そんな身勝手な反発の意を表してきた僕のことを、川田先生は本気になってくらして欲しくもあった。そしたら、僕が抱いていた「この先生の下では強くなれない」との思いは瞬時に無くなっていたであろうに…。

そんな、だらしない精神状態であったからであろう、僕は新入女子部員の一人に恋心を抱いてしまっていた。その子は、中学校時代、走り幅跳びで全国大会に行っていたエリート選手であった。そしてなにより、かわいかった。今の有名人に例えれば、そうだなあ、宮﨑あおいをもっとかわいくした感じの、清楚でありながらも、凛《りん》とした芯を持ちわせた子であった。今は、良いお母さんになっているのであろう。会ってみたいものだ。しかしながら、僕の恋心は一方的なものであり、彼女は僕のことを恋愛の対象としてはまったく見ていなかった。意を決して、「おれと付き合ってくれないか」と言ったが、「先輩は先輩です。私は彼女にはなれません」と、体《てい》良く振られてしまった…。今にして思えば、その子との恋愛関係なんぞ成就《じょうじゅ》するはずなどなかった。なにせ、てげてげで凛々《りり》しさの欠片《かけら》もない状態の先輩に成り下がっていたのだから。ちなみに、僕は時々歌うカラオケのレパートリーの一つに、村下孝蔵の「初恋」がある。そのワンフレーズ、『放課後の校庭を走る君がいた　遠くで僕はいつでも君を探してた♪』を熱唱するたびに、その子のことを思い出すのである…。

それでも、一六〇〇mリレーは、ひさし君、じゅん君の頑張りもあって、南九州大会に進出できた。僕は密《ひそ》かに思っていた。「この南九州大会が高校最後の試合なんだな」と。二走を任された最後の四〇〇m。ラップタイムは、自己最高に近い四十九秒切りだった。皮肉なものだ。この走りが県大会でできていたら、専門の八〇〇mもそれらしい走りができていたであろうに。さらに皮肉なことに、その南九州大会の一六〇〇mリレー決勝では、合宿をともにしていた県北の工業高校が五着に入り、札幌インターハイに出場することになった。友だちになっていた県北の工業高校の奴らからは、「おまえの分までインターハイ走ってくるからな！」と言ってもらえた。

嬉しかったけど、悔しい、というよりも寂しかった。

無論、ひさし君は、二年連続の二着でインターハイ出場。全国ランキング五番目。しかしながら、本番では季節外れの寒さもあったらしく、また、強風に邪魔されて八台目のハードルで完全に失敗し、予選敗退してしまう。ひさし君だけではなく、リレーでも、まかり間違って僕が八〇〇mででも一緒にインターハイに行っていたら、きっと、ひさし君は見事入賞していたに違いない。

陸上競技は個人種目と思われがちであるが、親友のかずし君の言葉を借りれば、「究極のチームゲーム」なのである。チームメートからの心からの応援とサポートを日常の練習で受けることができていなかったひさし君は、さぞかし孤独であったに違いない。「陸上部」というチームづくりは容易な業ではないのだ。そのことを今の僕は、心から痛感している。

それにしても、川田先生に対しては、特に三年生になってから大変失礼な言動をしてしまったと反省している。僕の高校時代の陸上生活は、まさに苦い思いで幕を閉じることになった。インターハイに出てみたかった…。

第四編

僕の中に潜んでいた「てげな」精神

―さこちゃんから受けた薫陶―

p107
p124

八月のインターハイが終わって少ししてからのこと。川田先生が三年生を集め、当時の住まいであった教職員住宅の庭で慰労会と銘《めい》打《う》った焼き肉パーティを催してくれた。当時の川田先生には、三人の子どもさん（いずれも女の子、後に男の子ができる）持ちであり、十数名いた陸上部三年生を自宅に招くことは大変であったろうと思う。今でも感謝の念に堪えない。

昼飯時に、先生宅に集合であったが、会場となる庭では、テニス部の顧問をされておられた迫田先生（生徒たちからの愛称は「さこちゃん」。教員間でも「さこちゃん」だったか）が、炭火の支度に精を出しておられた。「おー、みんな来たか！　火のスタンバイは完璧だからな」とさこちゃん。すでに、ビールで出来上がっていた。その慰労会には、どういうわけか、ハンドボールが専門で、その年から他校に異動されていた石原先生も来られていた。石原、川田、さこちゃんは、丁度一つずつ年齢が違っており、当時の御三名の先生方は、三十一から三十三歳の年齢関係であったはずである。

僕は、さこちゃんのことが大好きだった。体育の授業は大変に厳しく、ときに体罰指導は当たり前であった。

高校二年生のある全校（学年だったかな？）集会のときのこと、完全に二日酔いであったと思われるさこちゃんは、「最前列、緑の白線まで前進！」との指示を出した。指示を受けた僕らは、困惑そのものである。「緑の白線？　どっちの線まで前進すればいいのよ？」と。そうこうしていたら、「なにを、てれてれしてやがるんだ、この野郎！」と言って、僕を含めた十数名の最前列者がくらされることになった…。体育館の壇上には校長先生もいたのに…。これもまた、「そういう時代」だったということである。その後、同じ体育の先生である石原先生が徐《おもむろ》に僕らに近づいてきて一言。「さこちゃん、み、み、緑の白線って言ったな、おまえたち気の毒やったな」…。

そういえば、高校入学後すぐの体育の授業で、僕らの担当であったさこちゃんは、「全員一列に並べ！」と大声を出し、「尻に力を入れろ！」と言って、クラス全員（男子）の尻を竹帚《たけぼうき》の柄《え》の部分で、バンバン叩いてきた。「え？　おれたち、何か悪いことしたか？」と呆気《あっけ》に取られていたものだ。高校三年生になって、後述するが、さこちゃん宅でお世話になっていたとき、「先生、一年の最初の体育の授業のとき、竹箒でけつを叩かれましたよね。あれ、なんでだったんですか？」と尋ねてみた。返ってきた答えは、「最初に締めとかんといかんからな。最初が肝心。毎年のことよ。特クラの奴らにはせんかったけどね」らしい…。

ただ、さこちゃんは、厳しいだけではなく、真に生徒のことを思い、面倒見の良い先生でもあった。しかし、保健の授業はいつも脱線ばかり。おかげで、期末考査の「保健」の平均点は、さこちゃんの担当クラスは総じて低かった…。その日は「性教育」の授業だった。

「おまえたち、性教育というだけで、エッチなことばっかり考えているだろ。おれには手に取るようにわかるんだぞ。おれが大学のときに読んだ論文によれば、思春期の高校生男子は平均して三十秒に一回、エッチなことを考えているらしい。いま、おまえ、いま、おまえも、おまえも（指を指しながら）、エッチなこと考えているだろ！　但しな、『特クラ』の奴らは違う。おまえたちは三十秒に一回。特クラのやつらは三十分に一回程度。おまえたちの成績が悪い原因はそこにある！」

らしい…。出鱈目な理屈である。僕は今の職に就く前の大学院生時代から、「思春期（高校生男子）のエッチ妄想《もうそう》」に関する論文を何度も検索したが、結論としてはまったくその手の類を見つけることができていない。おそらくは、さこちゃんの作り話だったのであろう。まあ、三十秒に一回程度エッチなことを考えている、と言われて「そうかもしれんなあ」と思う僕らでもあったわけだが。

慰労会の宴もたけなわになったときのこと。川田先生が「おまえたちの将来の夢を語ってもらおうか」と切り出した。理系の奴らは、エンジニアやら、宇宙開発事業団で仕事をするやら、言っていた。文系の部員の中には、芥川賞を取りますという奴もいた。さて、僕の番が回ってきた。

「僕は高校の体育の教師になって、陸上の試合のとき、ブレザー着て審判をし、国体の宮崎県選手団を率いていけるような仕事をしたいです」

と言った。まじめにそう思っていた。結果的には、志叶《こころざしかな》わず。故郷宮崎では仕事ができていないわけだが…。僕の夢を聞いた川田先生は、

「そんなちっぽけな夢でいいのか」

ハンドボールの石原先生は、

「まず、いち、いち、一浪はせんと、きょ、きょ、教育学部には進学できんな。まあ、が、が、がんばれ！」

と、いつもの「ドモリ口調」で厳しいコメントを寄せてくれた。

しかし、さこちゃんの反応はまったく違っていた。

「津谷！　おまえは偉い！　故郷のために仕事をしたいとよく言った！　川田先生、よーく、こんな生徒を育てられましたね。先生の後継者候補ですよ。おれは感動した。いいか、津谷。しばらく学校が終わったら、おれん家に来い。おれん家で最低三時間は勉強して帰れ。ひさし、おまえも付き合え。津谷に勉強教えてやれ。教えることでおまえも勉強になるんやから！　わかったか！」

思いもしない、さこちゃんのリアクションであった。嬉しかった。

その後、言われた通り、学校が終ったら、独身で教職員住宅に住まれていた、さこちゃん宅で、ひさし君、それにどういうわけか、野球部のななみ君も一緒になって、勉強をすることになった。さこちゃんはテニス部の指導があるので、「家の鍵は、玄関前に置いてある植木鉢の中にあるから、勝手に入って勉強しておけ」と言われ、主のいない部屋でそれなりに勉強をしていた。夜の七時頃にさこちゃんが帰宅してきた。「おー！　やりよるね！　弁当買ってきたぞ。まずは食え」と、四人で夕食の時間を過ごした。その後はまた勉強。さこちゃんは、僕らが勉強している時間帯は、テニスマガジンを真剣な顔で精読し、時々、ノートにメモを残していた。その姿に僕は、「さこちゃんは、テニス指導に真剣に取り組んでいるんだ。すげえなあ」と思ったものである。僕の母校での勤務時代もそうだが、さこちゃんは、その後の異動先の高校でも、県ナンバーワンのチームを幾度となく創り上げ、「迫田義次」なる名前は全国区となっていった。「おれは、おまえたちの勉強の内容はまったくわからないからな。わからないことは全部ひさしに聞け」と言っていたものだが、僕の関心は、さこちゃんのテニスマガジンをはじめとした指導専門書を読んでいるときの真剣さに向けられていた。

そういう具合いで、さこちゃん宅で勉強し始めて、三日目のことだった。いつものように、さこちゃんは、真剣にテニスマガジン等を精読している。途中、電話が鳴る。

「あ、今からですか。もちろん大丈夫ですよ！」

飲みの誘いであったらしい。

さこちゃんは後年、僕が今の職に就いて久しぶりに再会した折、「おれの唯一の自慢は、誘われた飲み会は一度も断ったことがないこと」と言っていた。「唯一の」というあたりが、いかにも、さこちゃんらしい。さこちゃんが自慢できることは、山ほどあることを僕ら教え子はよく知っている。インターハイや国体の優勝者を何人も出したこと、自身も学生時代、プロ契約選手であったのに、それを蹴って、教員になったこと等々。「誘われた飲み会は断ったことがない」ことを唯一の自慢と公言してやまない、さこちゃんのような人が僕は大好きだ。そのときは併せて、「体罰はいかんぞ。津谷、大学で陸上部をみよるらしいな。生徒（学生）をくらすなよ」とも言われたものだ。「人間は変わるものなのだな…」と思ったものだ。

話しを戻そう。電話を切ったさこちゃんは、僕たちに対して、「いまから、にしたち（西橋通りの飲み屋街）に行ってくるから。今日は泊まっていけ。冷蔵後の中にビールとか、焼酎とか入ってるけど、飲むなよ」と言い残し、意《い》気《き》揚々《ようよう》と出かけて行った。

僕らは、「ビールとか焼酎は飲むなよ、というのは、飲んでおけという意味よね」と、なんとも奇抜《きばつ》な解釈を自己肯定し合い、ビールから始まり、焼酎のお湯割りといった感じで飲みながら、同じ学年で可愛い女の子ベストテンだの、先生たちの悪口などで盛り上がってしまっていた。酔いも回ってしまい、僕らは、さこちゃんのベッドを占領する形で眠りに入ってしまった。

何時ごろだったのだろうか、おそらく、夜中の二時か三時ぐらいだったと思う。さこちゃんが帰ってきた。完全に酩酊《めいてい》状態である。

「おい、起きれ（起きろ）！　寿司を買ってきてやったぞ。食え！」

と言って、なかば無理やり食わされることになった。冷蔵後からビールを取り出そうするさこちゃんが、「てげな、減ったね。そろそろ買い足しに行かんといかんな…」と、それは、僕らが飲んだことを知ってか知らずか、そう言っていた。

さこちゃんも交えて、四人で寿司を食いながら、酔っているさこちゃんから発せられた言葉は、僕にとっての一生の宝物になった。

「おれはな、農業高校の出身だから勉強の『べ』の字もしてない。テニスばっかりしちょった。大学もテニスで行った。おれは鹿児島の出身だけど、丁度、宮崎国体の前でテニスの強化選手として教員になった。教員採用は受けていないに等しい。だから、おまえたちに教えられることは体育とテニスしかない。いいか、これだけは絶対に他人には負けない、そのことに対するこだわりはおれが世界で一番だという何かを持て。そしたらな、後から学問が付いてくるとよ。おれはテニス部を強くするために、英語も読めるようになろうとしているし、効果的なスイング動作を考えるために物理の勉強もしよるとぞ。『一芸は道に通ずる』。まだ、おまえたちにはわからんかね。おれは寝るぞ！」

僕ら三人の生徒たちも焼酎を飲んでいたので、少し酔ってはいたものの、少なくとも僕は、さこちゃんの言葉に感動を覚えた。一生忘れられないであろう、さこちゃんからの貴重な薫陶であった。

翌朝、さこちゃんは、僕たちのために食パンを焼き、目玉焼きを作って学校に送り出してくれた。その日の昼休み、僕は、ひさし君とななみ君に了解を取った上で、体育教官室を訪ね、「迫田先生、昨日はありがとうございました。もう、自分一人でしっかり勉強できます。貴重な時間とお話しをいただき、ありがとうございました」と言いに行った。

「そうか、頑張れ！　ちなみにおれ、なんか貴重な話しをしたか？」

やはり、酔っていたのであろう。僕（ら）にとっての貴重な薫陶は、僕ら三人の生徒だけが共有することになった。いや、さこちゃんは、そうは言いながらも、しっかり覚えていたのではなかろうか。「なんか貴重な話しをしたか？」は、さこちゃんなりの照れ隠しであったに違いない。

僕が今の職に就き、それこそ、今ではその文字さえ見たくない、科研費の調査で僕の母校とは異なる高校の校長になられていた川田先生へのインタビュー調査を行ったことがある。インタビュアー（聞き手）としては、「もう少し、本音を言ってくれないかな。どういう聴き方だったら本音を聞き出せるのかな」と苦心し、消化不良の調査に終わった後、川田先生と同じ高校に異動されていたさこちゃんに、「川田先生にインタビュー調査したんですけど、なんか、僕の中ではしっくりこなかったんですよね」と、つい本音を漏《も》らしてしまった。すると、さこちゃんは間髪入れず、「校長に聞いてもだめよ、あの人は教育委員会の課長もしちょったとぞ。おまえの研究内容をぶつけたら、逃げにまわるわ。代わりにおれが答えてやる」。さこちゃんの話しが「おもしろかった」こと（大変参考になったという意味である）。部活動指導に命を懸け続け、「部活動の指導ができないから絶対管理職にはならない」と言って憚《はばか》らない、さこちゃんから発せられた数多くの言説は、これもまた、高校時代の「夜中の寿司を食いながらの薫陶」と同様に、貴重な内容ばかりであった。一時間程度のお話しをいただくことになったであろうか。今でも音声データ、そして文字お越しした活字は、大切にファイルしてある。

「良い話をしてやったやろうが。代わりにうちのテニス部員を推薦でおまえの大学に通せ」

「それは…」と困っていたら、

「冗談やが。そんなことをおまえが『わかりました』って言ったら、くらして破門にするところやったぞ！」と、さこちゃん。

そんな、僕にとって尊敬してやまない迫田先生が、一昨年、還暦を前にして、癌でお亡くなりになった。「宮崎に帰ってきたときにはまた来いよ」。インタビューをさせてもらった別れ際にかけてもらった言葉が僕にとっては、最後のさこちゃんの「生声」だったわけだ。さこちゃんの分まで、僕は教え子の一人として、頑張り続けなくてはならないのであろう。

おや、うつ病の僕が前向きなことを書いている。さこちゃんのことを振り返り、文章にすることで、そういう気持ちになったのであろうか…。

お亡くなりになってもなお、僕をはじめとした数多くの教え子、そして、テニス関係者から、畏敬《いけい》の念を向けられている、さこちゃんは本当に凄い先生だったのだと思う。生前、それこそ、命を懸けて、テニスの指導に尽力されておられたさこちゃんは、今の僕が思うところの「良い仕事」をたくさんされてきたわけだ。しかるに、死してなお、さこちゃんという先生の存在は、僕らに勇気と元気を与えてくれている。僕もそんなふうな逝き方をしたいと心から思う。

というわけで、四つ目の《生まれてきてよかったなあ》が見出せた。僕には「さこちゃんという素晴らしい恩師がいた（いる）ではないか」。

さこちゃん宅での薫陶は、僕の目標をより明確にさせてくれた。「絶対に高校の体育教師になろう！」と強く心に誓い、その後の勉強に集中することになった。

僕は、その時期から特クラのまゆみさんとお付き合いすることになっていた。当時の僕の高校は、三年生に限り、夜九時まで教室での自習が認められていたし、日曜日も教室を開放してくれていた（現在はどうなのだろうか？）。僕は、十六時四十五分までの七時限が終わると、そのまま、学校に残り、夜の九時まで勉強、その後、帰宅したら、簡単な夕食をとり、また勉強。夜中の三時までは必ず勉強すると決めていた。風呂はその後に入っていた。現在でも受験生を対象によく言われる「格言」であるが、担任からは絶えず、「三当四落」（三時間睡眠者は合格でき、四時間睡眠者は不合格になるという意味）と言われていたこともあり、素直であった？　僕は、その言葉を順守《じゅんしゅ》し三時間睡眠の生活を送っていた。よくぞ、そのような生活ができていたものだ。若さとはそれだけで素晴らしい。

夜九時までの教室での勉強のときには、お付き合いをしていた特クラのまゆみさんがいつも僕のクラスに来てくれて、僕の隣の席にいてくれた。ときには、いや、頻繁《ひんぱん》に僕は、まゆみさんに「この問題わからんちゃけど…」と質問をしていた。すると、まゆみさんは、教室の黒板を使って、数式の解釈、古文の理解の仕方等を、それはそれは分かり易く教えてくれていた。「さすが、特クラは違う」といつも思っていたものだ。

まゆみさんのおかげもあって、僕の成績は、少しずつではあるが上昇し始め、民間の模擬試験の数学で、それまでに取ったこともない点数（二〇〇点満点で一四〇点）を取ることができた。

「まゆみちゃん、おれ、数学で一四〇点やったじ！　本当にありがとう！」

「よかったねえ！　がんばったもんねえ！　私のおかげじゃないよ。つーちゃんががんばったからよ」

「うんにゃ（いいや）、まゆみちゃんのおかげやじ、ところで、まゆみちゃんは何点やったと？」

「うん、数学は二〇〇点だった」

やっぱり、特クラのひとは違うわ…と、何とも言えない劣等感にも近い思いを抱きつつも、まゆみさんからの変わらない誠意に満ちた指導のおかげで、その後も僕の勉強に対する熱意は更なる高まりをみることになっていった。思い返せば、高校三年生の正月は、学校に行って勉強したものだ。そのときも、まゆみさんは僕の隣にいてくれていた。とにかく、てげな勉強を頑張っていた。


僕らは、共通一次試験の最後の世代である。本番の日を迎えた。僕らの高校の試験会場は、移転前の宮崎大学であった。移転前ということもあってか、老朽化が甚だしい教室で試験を受けたが、寒かったこと…。

試験の翌日には、各クラスで自己採点会が実施された。結果は、それまでの模試で取ったこともない「自己ベスト」であった。とはいえ、「さて、この点数で合格できる国立大学はあるのかな…?」と考える程度の自己ベストに過ぎなかったのだが。お世話になってきたまゆみさんのことが気になった。隣の特クラの教室に行って、手招きをし、廊下で結果を尋ねた。

「まゆみちゃん、どうやった?」

「うん、まあまあかな。つーちゃんは?」

「おれね、自己ベストが出たじ! 本当にありがとう」

「よかったねえ! がんばったもんねえ!」

まゆみさんは、隣の県の国立大学難関学部を受験し、見事に合格することになる。

さて、その後の僕はといえば、まさに、てげてげ精神(と言って良いのかな?)が再出現することとなる。とにかく、僕の共通一次試験の点数で合格できるかもしれない国立大学の体育関係学部・学科を徹底的に検索することになった。無論、当時はインターネットなどなく、「蛍雪時《けいせつじ》代《だい》」なる受験雑誌のみが頼りであった。今にして思えば、理想の受験姿勢は「目標とする大学があって、そのために努力すべき」なのであろう。しかし、当時の僕は、そうではなく、前記したような発想、つまりは「合格できるところに行ければ良い」といった意識に囚《とら》われていた。それは、僕の高校の方針であった「とにかく国立大学合格者こそがハイステータスである」なる規範めいたものに無意識のうちに順応していたからに他ならない、と思う。僕が出した結論は、北関東の某大学と、通るはずもない某大学の二つを受験することにした。家庭の事情を考えれば、私立大学の受験は高校入学時からまったく頭になかった。但し、父親は幾度となく、「行きたいところが私立大学ならば、行きなさい」と言ってくれていたものだ。父親になった今の僕は、当時の父親が言ってくれていた言葉の意味がよくわかるし、感謝の念に堪えない。しかし、その時点では、「国立大学がだめだったら、補習科に行って浪人すればいい」との思いの方が強かった。

二次試験を受けた後は、ひさし君をはじめとした友人たちと飲んでばかりいた。その頃は「補習科（県内の県立高校の数校に設置されていた浪人生で構成された「科」（クラス）のこと）決まりだな」と勝手に思い込んでいた。

「果報は寝て待て」というが、まさしくそれが現実となった。僕は、野球部のななみ君宅で何人かと酒を飲み、そのまま泊まらせてもらっていた。翌朝、ななみ君のお母さんが僕を叩き起こし、「津谷君、合格してるよ！　おめでとう！」。今では考えられないことであるが、当時は、地元の新聞に国立大学の合格者が掲載されていたのである。今の時代であれば、インターネットで合否を確認できるのだが、遠く北関東までわざわざ「不合格」を確認しに行く気にもなれず、合格発表翌日に、自身の合格を知ることになったわけである。なんともまあ、やっぱり、てげてげである。と同時に、「あれま…、通ったか」という気持ちがそのときの正直なところであった。無論、もう一つの受験先は不合格であった。

自転車で自宅に戻ると、両親ともにやはり新聞で合格を知っていたようで、「よかった、よかった」と喜んでいた。その後、卒業したばかりの母校の決まりに従い、合格の報告のために学校へと向かった。職員室に到着し、ドアをノックした。担任とは違う先生が出てきて、「ちょっと待て。再度、ノックして入って来い」と言う。それに従い、入室すると、職員室にいた先生が全員でクラッカーを鳴らし、紙吹雪を僕に投げつけ、万歳三唱をしてくれた。担任が握手をしてくれ、「奇跡が起きたな！」と一言。「そんなふうに思っていやがったのか」と一瞬イラっと来たが、「あー合格できたのか」と、そこで初めて実感することになった。しかし、先生たちの燥ぎ様に接し、少々興醒《きょうざ》めしてしまったことも事実である。「おれへの祝福というよりも、予想していなかった国立大学合格者が一人増えたと先生たちが喜んでいるだけだろ…」と。

その後、体育教官室へ向かい、合格の報告をさせてもらった。さこちゃんが満面の笑みで「頑張ったもんな！　よくやった！　おめでとう」と言って、力強く握手をしてくれた。その後がさこちゃんらしい。「津谷、大学合格がゴールじゃないんだぞ、ちゃんと教員になって帰って来いよ」。その言葉が一番嬉しかった。川田先生も「おめでとう」と言ってくれた。しかし、その後、思いもしなかった言葉を聞くことになる。「津谷、合格はめでたい。でもどうよ、一浪しておれの母校のT大学に行かんか？　どうせ関東に行くなら、一部校（関東学生陸上競技連盟加盟大学は、一部校と二部校に分かれていて、僕が合格した大学は二部校であった）でインカレを戦ってみらんか。この一年間はおれが面倒みてやるぞ」。その瞬間、本当に、本当に真剣に考えた。どれぐらいの時間だったのだろうか、無言で考えている僕を見かねてか、「よしよし、合格したところに行け。迫田先生も言われた通り、ちゃんと勉強して教員として帰って来い」と言ってくれた。

果たして、あのとき、「はい。そうします。一浪します」と言っていた方が良かったのか否《いな》か、それは、永遠にわからないことである。僕は常々、「自らの進んできた道はすべて良しとせよ」との思いを大切にしてきた（今の僕は、もしかしたら道を外しているのかもしれないが…）。そのことは、ときとして学生たちにも授けてきた言葉でもある。あのときの、あの判断は、僕にとって正解であった、と思っている。

ちなみに、というには失礼であるが、陸上部で苦楽をともにしてきた親友のひさし君は、T大学進学間違いなしと誰もが思っていたが、残念ながら不合格となり、同じく陸上部の親友である、よういちろう君とともに、隣の県の体育大学に進学することになった。そして、ひさし君は後年、その大学で主将となり、日本インカレで戦える選手へとなっていくのである。九州地区大学体育大会の四〇〇mハードルの大会記録は、未だにひさし君が出した五十一秒六九である。今の職場で陸上部に関わっている僕は、その試合のたびに、プログラムに記載されているひさし君の名前を目にしながら、誇らしい気持ちになっている。

そしてまた、先に書いた通り、僕の「先生」であったまゆみさんは、希望通りの進学が決まった。合格が決まった僕に対してまゆみさんは、「つーちゃん、おめでとう。そしてありがとうね」と言って、体育館裏でキスをしてくれた。僕のファーストキスであった。

この高校三年生のときの大学受験にかかわる数ヶ月間は、六つ目の【なぜ、僕という人間はうつ病になったのか】と五つ目の《生まれてきてよかったなあ》が同居しているような気がしてならない。

まず、前者の【なぜ、僕という人間はうつ病になったのか】に関しては、「単純に在籍していた学校（高校）の雰囲気に身を任せただけの頑張りに過ぎず、五つ目の要因で記したように、まさに主体性のない進路選択をしてしまっている」状態といえよう。やはり、それではだめだろ…、性根《しょうね》が座っていない。それは今の僕に無意識的に残っている負の意識であるように思えてならない。

一方の《生まれてきてよかったなあ》については、まさしく「生きていれば良いことがないわけではない」という事例の一つといえよう。まあ、まゆみさんのおかげなのだが…。

第五編

「てげてげ」のゆらぎ

―大学生活で得た「てげな」大きなもの―

p125
p172

昭和六十三（一九八八）年三月三十日、父親の誕生日に、僕は宮崎を旅立つことになった。四年経ったら、宮崎に戻って来るものと信じてやまなかったが、その後、三十有余年、「現住所」が宮崎ではない生活を送ることになるとは、そのときはまったく想像していなかった。それは同時に、僕の流浪《るろう》の人生の始まりとなったわけである。

宮崎空港から空路羽田へ、モノレールで浜松町、山手線に乗り換えて上野駅へ。高崎線の「快速アーバン」で高崎まで行き、両毛線に乗り換え、前橋駅に到着。その後は、徒歩で大学の寮に辿り着いた。受験のときに通ったルートと同じであり、勝手知ったる道程《どうてい》であった。

寮に着くと、寮官さんに挨拶をし、先に送っておいた荷物を持って、住み家となる「北寮二階の二〇二号室」へと案内をしてもらった。六畳もないがらんとした部屋を見た途端、柄にもなく、突然、ホームシック的な感情が襲ってきたことを昨日のことのように思い出す。

入寮初日は、テレビもなく、唯々《ただただ》、「とりあえず、寝られるようにせねば」との思いだけで、夜を迎え、その日は大浴場にも入ることなく、移動の疲れも相まって、早い時間帯に就寝することにした。「ひさし君とよういちろう君は一緒の大学だからいいよなあ…」と羨ましい思いを抱きつつ、上州の最初の夜を過ごした。なかなか寝付けなかったように思う。

翌日になると、四年生ですぐに陸上部の先輩となる丸田さんが僕を訪ねて来られ、「わて、丸田というんや。これからよろしくな。電化製品がまったくないな。わての車で買い出しに行こか」

と言い、近所のY電機に連れて行ってもらった。丸田さんは、兵庫県のご出身であり、四年生でありながらも、新入生の僕に対して本当に親切にしてくれた。テレビと冷蔵庫、炊飯器、それと湯沸かしポットを購入した。丸田さんは、いかにも関西人であり、Y電機の従業員に対して、「養心寮の新入生なんや、もうちょっとまけてんか」と値切り交渉をしてくれた。本当に親切な先輩だった。その日から、日の当たらない北側の僕の住み家（一年生は北側の部屋との規約があってのこと）は、生活するに相応《ふさわ》しい体裁を整えられることになった。正直、少しほっとした。

その日の晩、新入寮生が集会室に招集され、寮長ほか、寮の上級生から、諸々の「規約」の説明を受けることになった。この時点までは、先輩寮生は、殊《こと》の外《ほか》、優しかった。新入寮生の中には、僕を含めて五人の教育学部保健体育科の同級生がいて、まずは、そいつらとの交流を深めることになった。地元出身者（桐生市と万場町）が二名、愛知県が一名、佐賀県が一名、そして僕である。その日の風呂は、そいつらと一緒に入った。夕食は、近所のスーパーマーケットに行き、弁当を買って部屋で一人きりで食べた。何より、テレビが観られるようになったのが嬉しかった。宮崎では民放二局しかなかったので、NHKを合わせて、七つもチャンネルがあることが嬉しくて、一晩中、チャンネルを変えながら、観入っていたものだ。

四月五日が入学式。そこまでは、寮の中では「お客様」であったことを、その日の夜に思い知ることになる。それは後で書こう。

入学式は、寮から程近い県民文化センターなるところで挙行された。そこから、教育学部があるキャンパスまでは、どうだろうか、約七キロくらい離れている。僕は、寮近くの自転車屋で購入した中古の自転車で、他の保健体育科の四人と一緒に、新入生ガイダンスへと向かった。これがまた遠いこと…。聞けば、僕が進学した大学（群馬大学）は、以前、寮の近くにキャンパスがあったらしく、寮だけがそのまま、旧キャンパスの近くに残った、ということらしい。「おいおい、毎日、自転車でこんなに遠いところまで通学するのかよ…」と思ったものの、「まあ、高校のときの通学距離と一緒くらいか」と思い直すことにした。

大学では、まず学部全体のガイダンスが大講堂で行われた。何を言っているのかさっぱりわからなかった…。その後、学科ごとのガイダンスが実施された。同級生は、僕が所属する一類（小学校教員養成課程）と二類（中学校教員養成課程）を合わせて、二十三名だったと思う。ちなみに、一類と二類の違いがまったくと言って良いほどなく、僕が所属した学科は、所定の単位さえ揃えれば、小学校教諭と中学校教諭、高等学校教諭（いずれも保健体育）の教員免許が取得可能であった。履修する授業もまた、一類、二類ともにほぼ同じであった。あの、一類と二類の違いは果たして何だったのだろうか。今にして思えば、「一類の者は小学校免許だけ、二類の者は中学校・高校の免許だけを取得すれば、卒業が可能」といった制度であったのであろうが、そういう指導はまったくなかったはずである。

ちなみに、当時の保健体育科の同級生は、地元出身者が約半分を占めていたものの、寮生の佐賀出身者、愛知出身者をはじめ、北から言えば、青森、茨城、東京、新潟、長野、鳥取、長崎あたりか、とにかく、地方の国立大学にしては珍しく、全国各地から学生が集まっている学科であった。それは、先輩たちの学年、そして後年、後輩たちの学年にも同様の傾向であった。聞くところによれば、近年、僕の母校の学生構成は、大部分が地元出身者へと変化してしまったらしい。何がどう影響してそのような変化が生じてしまったのか、個人的には興味を抱く現象の一つでもある。

学科のガイダンスは、当時、学科の教官の中で最も若かった福井先生（後の僕の指導教官）が務められた。「あー、大学なんだなあ」という思いを強く抱くことになったガイダンスの内容であった。福井先生は、朴訥《ぼくとつ》とした口調で次のようなことを言われた。

「新入生諸君、入学おめでとう。今年も全国各地から新入生が入学してくれたこと、地元出身者である私自身、大変嬉しく思っています。なんだろうなあ、諸君もこれまでの自身が育ってきた文化とは異なる文化に接する中でおおいに刺激を受け、研鑽《けんさん》を重ねて欲しいと願っています」

それに続けて発せられた御言葉の内容が今でも忘れられない。

「いいかい、大学には高校はあったけど、無いものが三つあるんだいなあ。一つ、各教室には時計がない、一つ、放送設備がない、一つ、チャイムが鳴らない、んだよ。そのことは何を意味するのか、つまりはだ、大学は学校ではなくて、大学の授業は、教員（福井先生は「教官」という言い方を好まなかった）と学生で、自由に時間をつくり出せるということであって、授業を早く終わらせることもあれば、夜を徹して議論をすることだってある。だから、時計とチャイムはいらない。それと、放送設備がないのだから、諸君への伝達事項はすべて掲示板を以《も》って為されることになるわけだ。それをいつもしっかり確認できるか、できないか、延《ひ》いては、掲示を見落として単位を落としてしまうというようなことがあっても、それは君たち学生の自己責任というわけだ。大学は一々、諸君のことを手厚く指導することはないということなんだなあ。僕ら教員は研究する立場の人間であり、その研究内容を講義等で授けていく。諸君もまた、大学は研究の場であること、学んでおきさえすればそれでいいという考え方は、今日から無くしてもらいたいと思っています。以上、質問はねえやな、もしも不明な点があれば、教務課に行ってくれや。今日はこれで終わりにします。次は授業で会いましょう」

上州訛《なま》りで述べられた福井先生の御言葉に接し、僕は、「あー、これが大学なのかあ、いいねえ！」と、ワクワクした感情になっていたように思う。と同時に、「自己責任かあ、厳しいなあ…」とも思い、身の引き締まる思いであったようにも思う。そのような、僕自身の初心、殊更に後者の「自己責任」に関しては、さほど長い時間を要することなく、忘却《ぼうきゃく》されることになり、自由でお気楽な学生生活を謳歌することになるわけだが…。

それにしても、時代が違うと言えばそれまでであるが、今日の大学は、学生に対する指導が手厚過ぎなのであろう。今の僕が務めている職場は、福井先生が言うところの「大学には無いもの」がある程度存続している。教室に時計はないし、チャイムも鳴らない。放送設備については、緊急災害時等のために、近年設置されたものの、日常的に使用されることはない。だとすれば、「大学らしい大学」の姿を保持している側面はおおいにあろう。しかし、その代わり、ネット社会の産物とでも言うべき、「学生への一斉メール配信システム」が確立され、ときとして過剰なまでの学生への〝サービス〟が横行《おうこう》しているように思えてならない。繰り返しになるが、時代が違うのかもしれないが、学生は、「放牧」させておくぐらいが丁度良い、との思いを改めて強く抱いてしまう。とはいえ、今（まで）の僕もまた、時流に対して無意識的に身を委《ゆだ》ねてしまっているのであろうか、手厚い学生指導に加担してしまっているような気がしてしまうなあ…。

大学での学生生活のあり方は理解できたが、その後に待っていたのは、寮生活のあり方であった。

入学式の日の晩、入寮後すぐに行われた説明会とはまったく趣《おもむき》を異《こと》にする「入寮式」が挙行された。寮長ならびに幹部寮生から、「養心寮の掟」なる冊子が配布され、それをもとにした講話が長々と続いた。夜九時から始まった講話は、朝方まで続いたであろうか。要点としては、「本寮は自治組織であり、各種の行事ごとに欠席することはまかりならない」という内容であったが、携帯電話の無い時代のこと、寮に二台だけ設置してある公衆電話を受け、寮内放送で当該の人物を呼び出す当番制をはじめ、風呂掃除、寮周辺地域の清掃、等々、何しろ事細かく規約が明文化されており、そのことを理解していない言動が現認された場合においては、寮独自の罰則を科すとまで記されていた。

「面倒くせえなあ…」と思いながらも、唯一、電話の応対マニュアルだけは愉快な気持ちで聞くことができた。電話当番の一年生二人は、掛かってきた電話に三コール以内で出なくてはならず、その後、当該の寮生を寮内放送で呼び出すことになる。その際、男性からの電話のときは、例えば、「南寮三〇三の●●さん、電話です」、女性からの電話であった場合は、「南寮三〇三の

●●さん、御電話です」とアナウンスせねばならない。「わかりました、すぐに電話に向かいます」という場合は、各階に設置してあるブザーを一回鳴らし、速やかに電話がある場所に向かう。「●●さんは不在ですよ」ということが他者の中でわかっている場合は、ブザーを三回鳴らす。三十秒待ってもブザーが鳴らない場合、それにブザー三回の場合は、「大変申し訳ありませんが、●●は不在にしております。ご伝言等があればお願いします」と応対し、伝言の有無に関わらず、不在者への電話履歴を電話横の掲示板に書き込む、といった一連のマニュアルであった。あ、そうそう、電話の相手先の名前を聞いていない状態で掲示板に履歴を書き込んだ場合も罰則の対象になっていた。「おもしろいなあ」と思ったものだ。ちなみに、電話応対に反した際の罰則とは、電話が設置してある集会室で、腕立て伏せ一〇〇回、腹筋一〇〇回といった、力業系のものであり、その都度、寮長が罰則内容を指示するという仕組みになっていた。

　他にも養心寮では、「ストーム」なる儀式が存在していた。新入寮生は、一人当たり約二時間、自己紹介から始まり、芸を要求されたり、好きなタレントを言わされ、その理由をおもしろおかしく説明せねばならなかったり、という具合いであった。何ゆえに二時間もの時間を要するかといえば、「聞こえねえよ！」とか「全然、おもしろくねえんだよ！」とか、先輩たちからの罵詈《ばり》雑言《ぞうごん》に何度も何度も応え続けなくてはならないわけである。気の弱い奴は、途中で泣き出してしまう場合もあるが、先輩たちは容赦しない。「泣いてんじゃねえよ！　こら！」と許さない。それをぶっ通しで丸二日かけてやるわけだ。水分補給のみ許されるものの、途中の食事はなし。但し、それは新入寮生のみではなく、そこに参加している上級生もまた同じであった。途中、寝ている奴は、竹刀で叩かれ、「寝てんじゃねえよ！」の繰り返し。二時間の罵詈雑言の途中、気絶してしまう者もいたが、寮生の中には医学部の先輩も大勢いたので、脈をとって、「あ、大丈夫、水ぶっかけて」という始末…（あの人たちは、今頃、本当に医師になっているのであろうか？）。もちろん、僕も二時間近く罵倒され続けた。懐かしい…。

丸二日の「ストーム」が終ったら、先輩たちの態度は一変する。「よーし、よく頑張った！」と言って、全員で養心寮行きつけの居酒屋に行き、嫌というほど、飲み食いさせてもらえるわけだ。無論、先輩たちの奢《おご》りで。その後は、寮生全員が死んだように眠りに入り、それこそ、丸二日ぐらいは、誰も部屋から出てこないという状態であった。後に指導教官になる福井先生もまた、学生時代、養心寮の寮生であり、「ストーム」の経験者であった。「まだ、やってるんかい、まあ、仕方ねえやな」と言っていたものだ。

「ストーム」の後の行事は、「判子もらい」というものであった。新入寮生は、すべての先輩寮生の部屋を訪問し、課題を出され、それをこなさなければならない。その課題の実践を見届けた（確認できた）後に、判子を押してもらえる。どうだろう、当時は、三十名近い先輩寮生がいたから、その分の判子をもらわないと終わらない。いろいろなことをやらされた。僕がやった課題でいえば、朝の八時半から九時の時間帯、大学正門横にある木にしがみつきながら、三十分間、「ミーン、ミーン、ミーン」と泣き続けてセミになれ、だとか、三輪車で寮近くのガソリンスタンドに行き、一升瓶を差し出し「レギュラー満タンよろしくと言え」とか、気の利いた先輩からは、女子寮の●●のところに行って、ドライブに連れて行ってもえるように頼み込んで絶対に行ってこい、とかとか、であった。ガソリンスタンドもそうであるが、養心寮周辺の方々は、毎年、その時期に「判子もらい」という行事があることをよく理解してくれていて、事実、ガソリンスタンドでも「はい、満タンね。一一〇円になります。残りの課題もがんばれよ！」と快く対応してくれていたものだ。寮と地域住民がこれほどまでに緊密な関係にある大学の寮は他にもあったのだろうか？　今にして思えば、大変素敵なコミュニティだなあと思える。この「判子もらい」の期限は、一ヶ月と決まっており、こなせなかった場合は、半年間の風呂掃除の罰則が科せられる。幸いにも僕らの学年は全員がクリアできた。

もう一つだけ重要な？（いや、やっぱり重要だな）養心寮ネタを記しておこう。

僕が入寮した年、寮費が月一二〇〇〇円から一三〇〇〇円に値上げするとの通達が学生課から来た。寮長をはじめとした寮幹部は寮生全員を集め、「これは大学のファッショ（イタリア語を起源とする、独裁的な政治や動き方のこと、「学生運動」全盛期には多用されていた言葉の一つでもある）である。断固抗議せねばならない！」と主張し、寮生全員が「養心寮」と書かれた法被《はっぴ》を着用し、なぜだか、ヘルメットを被り、マスクをした状態で、学生課が入っている建物の前に居並び、「寮費の値上げ、断固反対！」、「この行為は大学のファッショだ！」と、シュプレヒコールを繰り返していた。「なんでヘルメットがいるんだろう…」と疑問に駆られたりもしたが、従わざるを得ない。鳴りやむことないシュプレヒコールに観念してか、学生課の事務官が出てきて、「叫び続ける行為を辞めなさい！」と、シュプレヒコールの抑止をかなり強い口調で言い放ってきた。しかし、寮長はまったく怯《ひる》まない。「一ヶ月一〇〇円の値上げは、我々寮生に何ら相談もなく断行されたものである。月一〇〇円、一年で一二〇〇円、一二〇〇円あれば、一ヶ月食っていける額である。これをファッショと言わずして何と言う！」と譲らなかった。ちなみにその年の寮長は医学部の五年生であった。「では、一度協議の機会を設けましょう」と学生課が呼応してきた。結果的には、寮費の値上げは延期となった。「我々は大学のファッショを正すことができたぞ！」と、その晩はまた、集会室で朝まで飲み会であった…。欠席は許されない…。

養心寮での生活は、「大学とは何ぞや、学生自治のあるべき姿とは」等々を考える貴重な時間であり、空間であるとは思っていたが、出鱈目な行事の数も相まって、僕にとって肝心要の陸上部活動がどうにも滞《とどこお》ってしまっていた。そしてまた、授業もまともに出席できない状況であり、僕の一年次の単位取得数は「八単位」に留まってしまった。「このままでは、陸上もだめになるだろうし、留年確定だな」との思いから、一年生の終わり際の時期、寮長に「僕は陸上をしっかりやりたいと思い進学してきました。悩みに悩みましたが退寮させてください」と申し出た。寮長からは、「来るものはときに拒むこともあるが、去る者は追わず。これもまた、養心寮の規約であるからして、それを許可する」と言われた。

そのようなわけで僕は、二年生からアパート暮らしをすることになるわけだが、月二二〇〇円で済んでいた家賃が、月二万三千円になったわけで、両親には心苦しい思いであった。アルバイトもしながら、なんとか普通の大学生活を送ることができるようになった。但し、養心寮での一年間は、僕の人生にとって、間違いなく貴重な経験であったと思っている。

忙《せわ》しなく、各種の行事に振り回されていた一年間ではあったものの、僕は、同時に、当然のことながら、陸上競技部に入部をしていた。高校の競技活動に「けじめ」を付けて以降、僕は、「大学に進学することになったら、ひさし君と同じ四〇〇mハードルをやろう」と決めていた。冬期練習では幾度となく、ハードルを用いたメニューをこなしていたこともあり、県高校総体のたびに、「おれ、ヨンパー（四〇〇mハードルの通称）に出れば、入賞、いや、ひさし君の次の順位は取れるんじゃないのかな」といつも思っていたし、また、憧れにも近い存在であった、ひさし君と同じ種目を専門にすることで、将来、指導者になってからの「指導の幅」みたいなものが得られるのではなかろうか、との思いもあってのことだった。よって、大学の陸上部では、高校までの中距離ではなく、短距離ブロックに入らせてもらうことになった。

僕が所属することになった陸上部は、関東学連の二部校ではあるものの、以前は一部校に所属した時期があったこともあり（一年間だけだが）、部員も多く、そしてまた、厳しい上下関係も存在していた。まあ、上下関係については、養心寮で鍛えられていたこともあってか（丸田先輩も陸上部の四年生であったし）、さほど苦になることもなく、むしろ、部全体が競技に対して真剣に取り組んでいる雰囲気が心地良かった。

僕は、短距離ブロックの中でも、特に「短長パート」（四〇〇mを専門とする）に所属することになった。そこには、同級生が五人おり、ベストタイムは、いずれも僕より速い奴ばかりであった。なかでも、すぐに親しくなった同級生が嘉納君である。地元出身の嘉納君は、まさに、二枚目の好青年であり、最初は彼の方から話しかけて来てくれた。「受験のとき、一緒の組で走ったよな。よろしくな」と。大変失礼ながら、一緒の組で走ったことを僕は覚えていなかったが、「うん、よろしく」と応え、握手をした。

僕は高校時代、特に二年生のとき、リレー種目ではあるが、僕のせいでインターハイ出場を逃したという苦い経験をしている。その後の三年生のシーズンは、まさに鳴かず飛ばずの状態であり、悔しさとともに、消化不良のまま、高校の陸上競技生活を終えてきた。しかし、嘉納君は、僕とは違う意味での消化不良、いや「屈辱」の思いを有していた。彼は、高校三年生の北関東大会で、四〇〇m、四〇〇mハードル、一六〇〇mリレーの三種目で七番だったのである。六番までが出場できるインターハイのブロック予選で、三種目で七番。僕が抱いていた消化不良感とは、次元が違い過ぎていた。結論を先に書けば、嘉納君は、四年間の努力が実り、最終学年の日本インカレで見事に七位入賞を果たす。北関東大会の三種目七位とは、まったく意味の異なる「全国七位」である。尊敬すべき、そして、僕にとっては、その後、今現在に至るまで親友の仲を築くことになる第一歩であったわけだ。

もう一人、短距離ブロックでは、その後の人生において長く影響をもたらしてくれることになる先輩との出会いが待っていた。一学年上（一浪されていたので年は二つ上）の仁志先輩である。仁志さんは、会って早々、「ぬし（「おまえ」という意味の熊本弁）は宮崎から来たったろ（来たんだろ）。おれは熊本たい。帰省すっとき（するとき）は一緒に車で帰っかね（帰ろうな）」と、バリバリの熊本弁で話しかけてこらえた。「よろしくお願いします」と挨拶し、そのまま、嘉納君たちとともにウォーミングアップをしながら、「熊本…、仁志さん…」と考えていたら、思い出した！　僕が苦い思いをした高校一年生の南九州大会のとき、一〇〇mと二〇〇mで二番だった仁志さんだあ！　と。早速、僕は仁志さんに、「あの、多良高校の仁志さんですよね。僕、高校一年の南九州大会で一〇〇mと二〇〇mの二種目で二番だった仁志さんのこと覚えています！」と尋ねた。仁志さんは、「そぎゃんたい（そうだよ）、よー、他の県のおれのこと覚えとるね、ぬし（おまえ）は」と言われ、「過去のこったい（ことだよ）」と、事も無げに言われた。確かに他県の、それも二つ上の人のことを覚えている僕は大したものかもしれない。とにかく、ダイナミックな走りで、一〇〇m、二〇〇mともに、宮崎のN学園高校の三年生の次に入った人ということで、よく覚えていたのである。それからの大学の三年間はもとより、今でも、仁志さんは、僕の「兄貴」的存在であり、大変お世話になっている。ちなみに、仁志さんは僕と会話するときだけは熊本弁であり、それ以外は流暢な標準語を使いこなしておられたものだ。

陸上部の監督は、西山先生という、保健体育科の教官であった。背丈はさほど高くないものの、眼光鋭く、独特のオーラを絶えず発しておられた。「さどかし、厳しい方なのであろう」と思ったものである。

西山先生は、出張等で大学を不在にする以外は、ほとんどの練習に参加していた。練習開始前の集合で挨拶をされるのであるが、それが長いこと…。話しの内容は、陸上競技のことを言われることはあまりなく、いつも、数冊の本を持参し、グラウンドにやって来られていた。集合時の話し、というか訓示は、次のような感じのものに終始していた。例えば、僕ら新入部員が出揃った日のこと。

「今年も多くの新入部員が入ってくれました。期待していますよ。（徐にかばんから本を取り出し）ルソーの『エミール』という本ですよ。新入生諸君、まだ走っている場合じゃないんだなあ。まずは、この本を読んでもらいたい。陸上競技は哲学なんだなあ。何で走るのか、なぜ跳ぶのか、そして、なぜ投げるのか、それがわかってからでないと練習する意味がないんだよ。僕は本を読み今でも走っている。そして、走ったら本を読む。そして、その思いを書き綴って本にする。陸上競技は考えることに最も適した活動なんだなあ」

と、かれこれ、三十分程度話しは続いたであろうか。僕は「何を言っているのだろう…」と不思議な感覚に陥ったものである。おそらくは、嘉納君をはじめとした新入部員のほとんどが僕と同じ感想を抱いていたと思う。しかし、先輩たちは慣れたもの。「また、始まったか」と言わんばかりの態度に見えたものだ。

練習メニューは各ブロック長が月単位で考え、それをブロックのメンバーに伝達し、実践するというシステムであった。監督である西山先生は、黙って観ているだけ。時々、何人かの学生を捕まえてアドバイスをするという程度であった。ちなみに、その個別のアドバイスの内容もまた、競技とはかけ離れた内容ばかりであり、僕も二度ほど、「今日は、赤城山がきれいですよ！　あそこまで走ってくるといい！　今とは異なる競技観を見出せるはずですよ」と言われていたものである（一度は、本当にリュックサックを背負って、一日がかりで赤城登山をしたものだ。遠くに、富士山がみえたものの、「異なる競技観」は見出せなかったなあ…）。

僕が所属することになった陸上部は、関東学連の二部校ではあったものの、当時の女子走り幅跳びの日本記録保持者も在籍していた。関東インカレでは、一部校昇格に今一歩の年が続いていた。僕の想像していた部活動とは異なり、レベルは高いし、なによりも、風変りな監督の存在もあり、期待感と困惑感が入り混じっていたように思う。

僕ら一年生は、受験のブランクを考慮され、「一ヶ月間はフリー（自由練習）」となった。先輩たちの練習を傍らに見ながら、僕ら一年生は各々、練習に取り組んでいた。僕は、嘉納君の練習内容を一緒にこなさせてもらっていた。嘉納君は、高校時代の屈辱もあり、大学での練習開始当初から、かなり質の高いメニューを組み自主的に取り組んでいた。到底、僕は付いていくことさえできなかった。

そうこうしながら、練習に関わっていると、例の仁志さんとブロック長とが口論している。

「仁志、おまえだけ勝手な練習やるなよ。ちゃんとメニューをこなせ」

「いや、結構です。僕は僕の考えで、もっと意味のある練習してますから」

「後輩たちに示しが付かないだろ。ちゃんと一緒にやれや！」

「後輩たちも自分で考えて練習やればいいんですよ。失礼します」

仁志さんは、後に主将になるのだが、上級生であるブロック長とは犬猿の仲であり、とにかく、練習メニューは一人で黙々とこなしていたものだ。まさしく「肥後もっこす」を貫かれている人であった。それでも関東インカレでは、一〇〇mと二〇〇mの二種目を二連覇（二年次と三年次）されたし、四〇〇mリレーでもアンカーとして、二年次に優勝していた。

仁志さんはよく、クーリングダウンの折、僕を捕まえて、

「ばかが考える練習メニューをやって、どぎゃんするや（どうにもならんだろ）。ぬしも部に慣れてきたら、自分で考えてやらんとぞ（やらないとだめだぞ）。西山先生は意味不明な事ばかり言っているようで、実は核心を突いた事ば言いよらすけんね（言っているのだからな）」

と、言ってもらったことがある。「大学の陸上とはそういうものなのか」と、僕は深く感じ入ったものである。思えば、同級生の嘉納君も既に、自分で考えたメニューを黙々とこなしているではないか。「高校までとは違うのだ」と気合いが入ったものだ。この頃から、僕のてげてげ精神は、間違いなく何らかの変化が生じ始めていたように思えてならない。

部活動以外でも、仁志さん、そして、嘉納君には刺激を受けることが多々あった。

当時、医学部の博士課程には、陸上部ＯＢの添江さんという方がおられ、博士号取得に向けた研究活動に専心されていた。添江さんは、仁志さんのことを気に入られていたようで、同じく医学部の博士課程に在籍されておられた保健体育科出身の柳井さん、Ｔ大学の大学院に在籍していた同じく保健体育科出身の七田さん、桧浦さんたちとともに、毎週金曜日の夜九時から、医学部の会議室を借りて「勉強会」（「金曜勉強会」と称していた）を主宰しておられた。内容的には、運動生理学に関する勉強会であった。仁志さんは、なぜだか、僕と嘉納君に「おまえたちも参加しろよ」と言ってくれ、金曜勉強会のメンバーに加わらせてもらうことになった。添江さんもまた、歓迎してくれた。

金曜勉強会の主な内容は、運動生理学に関する英語論文を輪読し、「競技力向上に役立つ研究」を各々が見出していくというスタイルであった。後に、嘉納君は、この勉強会を契機として「その道」の第一人者となっていくことになる。僕はといえば、英語こそ、何とか理解できるものの、医学用語が多過ぎて、担当する前の週あたりからは、レジュメ作成に集中せねばならなかった。しかし、そこは「養心寮生であるがゆえの特典」があった。どうにも理解できない内容に直面するたびに、医学部の先輩の部屋を訪ね、指導を受けていた。「だよな、体育は医学と通じているんだよな。いつでもいいから来いよ」とその先輩は、いつも親切に、僕が担当する箇所の英語論文の意味等を指導してくれていた。何度も何度も足繁《あししげ》く、その先輩の部屋を訪問していたからであろうか、「新しいやつを買ったからこれやるよ」と言って、医学英和辞典をいただくことになってしまった。福島県の名門F高校出身であった、あの先輩は今頃、福島に戻られて立派な医師になられているのであろう。

金曜勉強会で担当する英語論文の日本語訳の最後には、必ず「所見」(読んで感じたこと)を記さなければならない。僕は一度だけ、添江さんに大変褒められたことがある。内容は、「大腿四頭筋の疲労メカニズム」みたいな内容だったと思う。何とか英語を訳し、所見にこう書いた(ように思う)。「陸上部に入部して以降、先輩たちのマッサージを担当する機会が何度もある。その際、仁志さんのような短距離の方々は内側広筋を、逆に長距離の先輩たちは外側広筋を中心的に解《ほぐ》してくれとのリクエストの違いがあるように思う。つまりは、陸上競技に限れば、種目の違いが大腿四頭筋ならびに大腿二頭筋の活用と疲労に差異を生じさせている可能性を見出せるのではなかろうか」という内容であった。もちろん、この所見の内容は、今の僕が当時を思い出しながら書いたものであり、当時のそれは、もっと稚拙な文章であったわけだが、本当に褒められた。「津谷！　おまえ、いいよ！　こういう所見、考察こそが真の運動生理学なんだよ！」と言って、その日の勉強会後には、「英語の勉強しに連れて行ってやる」と、街中のフィリンピンパブに連れて行ってもらい、おおいに飲ませてもらった。飲ませてもらったのはよかったのだが、両脇に座っていたフィリピン人女性の巨乳が僕の両肘に当たりっぱなしで、勃起を押さえることが大変だったこと…。添江さんは、「こら、津谷、コミュニケーションしろや！」と言ってこられるものだから、しかたなく、「My heart is very exiting! Can I touch your boobs?」と発し、「OK!」と言われたものの、それはできないまま、ウイスキーの水割りをがぶ飲みし続けていたものだ…。添江さんは大笑いしていたなあ…。「おまえ、大物だよ！」と言って。

嘉納君はまじめだったから、そんなことはなかったが、僕は、深夜まで行われる金曜勉強会で精魂尽き果ててしまい、翌日土曜日の午前中の講義はほとんど欠席していた（当時は、土曜日の午前中にも二コマ授業が入っていた）。

金曜勉強会の絡《から》みでは、他にも、添江さんの博士論文の手伝いで、ラットの飼育と実験の手伝いもやらせてもらっていた。夜中に医学部に赴《おもむ》き、嘉納君と一緒に、ラットを定期的にトレッドミルの上を走らせ、糞尿《ふんにょう》の始末もマメにやっていた。そうこうしていたら、ラットたちに愛着を抱き始めていた僕らは、名前を付けて「こら、ももじろう！　休まないで走れ！」とか言いながら楽しんでいたものだ。最終的には、ラットの乳酸値測定がメインとなる研究内容であったようで、毎日走らせているラットとそうでないラット（コントール群）間で、耐乳酸系能力にいかなる差異が生じることになるのか、といった研究内容であったように記憶している。「耐乳酸系」という言葉は、僕にとっては中学校三年生のときに、田仲先生から聞いていたものもあり、興味深かった。そのような、金曜勉強会や添江さんの実験手伝いの効果もあってか、学科の専門科目である運動生理学は、「A」（最高評価）を取れた。無論、他の科目は取れても「C」ばかりだったが。

　金曜勉強会に関わり続けて二年目あたりだったであろうか、僕は、主宰者の添江さんに退会を申し出ることになった。今の僕だからこそ、「それらしく」その理由を書けば、「研究の仮説の段階で結果は目に見えているではないか。自身のトレーニングに援用できる可能性はおおいにある。しかし、数値差の有無で一喜一憂している、この手の研究領域におもしろさを感じない」状態になっていたのである。前記したような理由を添江さんに対して、やんわりと告げ、同時に「僕は、心理学とか、なんでしょうか、他の人文社会系の領域から体育とかスポーツを見つめていくことの方が向いているというか、好きみたいです」と伝えたところ、「わかった。それもありだ。また、興味が出てきたらいつでも来いや」と言ってもらえた。今にして思えば、体《てい》の良い退会理由であるが、正直なところは、「もっと陸上の練習に集中したい」、それに「少しは大学生らしい『遊び』の時間も確保したい」との思いが強かったに過ぎない。

　大学時代の陸上部で多大な影響を受けることになった仁志さん、それに嘉納君ともに、「やるときはやる、遊ぶときは遊ぶ（抜くときは抜く）」という、メリハリの利いた生活を送っているように僕には映っていた。そのことは、高校時代のひさし君、よういちろう君に対しても同様であった。つまり、競技の世界で良い結果を修める人の多くは、この「メリハリ」が本当に上手にできているように思えてならなかったのである。それに対して僕はといえば、試合前（前夜あたりから）、過度な緊張状態に陥ることが常であり、寝られないこともよくあった。レースが始まりさえすれば、それなりに懸命になって走れるのだが、その準備段階が適切かつ良好な状態に過ごせていないせいで、自らが「持っているはずの実力」を発揮できていないという自己分析をしていた。であるがゆえに、僕は、大学入学前からスポーツ心理学なる学問に対して最も興味を抱いていた。しかし、学科の体育心理学の授業はまったくの期待外れの内容ばかり…。テキストを一々ご丁寧に板書され、要点の説明がなされるわけであるが、「おれの期待しているスポーツ心理学とは全然違う…」と、なかば呆れていたものだ。そのような思いが後の大学院への進学を決定づけることになるのであるが、それは後に書くことにする。とにかく、仁志さんや嘉納君、殊更に、仁志さんの「メリハリの利いた生活」は、今、思い返してみても、見事なものであった。

僕は一年生の寮生活時代に、仁志さんから原付バイクを借りていた。これにより、通学も格段に楽になった（一年の後期に入ってからは、両親に無理を言い、自動車の運転免許を取得し、中古のコロナハッチバックを買ってもらったのだが。二十万円だったかな）。

寮生活を送っていた一年生の頃には、「北寮二〇二の津谷君、電話です」が頻繁にアナウンスされることになった。相手は、「電話です」であるからして、男性であり、そのほとんどが仁志さんだった。「キャスター（たばこ）を買って、十分以内におれんちに来い」、がちゃ、であった。マッサージの要請である。自動販売機でキャスターを購入し、急いで、仁志さんのアパートへと向かう。それから、「もういいぞ」と言われるまで、足裏から始まり、首まで全身のマッサージをやらねばならない。時間にしたら、九十分近くかかっていたであろうか。「あ、寝てる。もういいかな」と思い、マッサージを止めると、「終わっとらんばい」。仁志さんからは、「ぬしのマッサージは下手ではなかばってん、どら、寝てみろ」と言って、仁志さんが僕のマッサージをしてくれたことがある。それが気持ち良かったこと。仁志さんのマッサージを受けて、真のマッサージの仕方と「心構え」みたいなものがわかった瞬間だった。

　マッサージの話しはそこまで。仁志さん宅に行くと、必ず、女の人がいた。それも、行く度に違う人（もちろん、同じ人がいたこともあるにはあったのだが）であった。「仁志さん、彼女ですか？」と尋ねると、「うんにゃ（いいや）、彼女じゃなか」らしい…。とにかく、当時の仁志さんは、モテていた。そして事も無げに「みんな、付き合ってはおらんとばい。向こうも付き合う気はなかろうたい」らしい。まさに、言葉は悪いが「とっかえひっかえ」の状態であった。羨ましかったなあ…。

　ある日の仁志さんへのマッサージのときのこと。

「ぬしは、彼女はおるとか?」

「いえ、高校のとき付き合っていた子とは、遠距離になったので別れました」

「その子とはしたとか?」

「いえ、してないです」

「もしかして、ぬしは、童貞か!」

「はい」

「こら、つまらん。はよせろ(早くしろ)!」

という訳で、仁志さんが、早々にその週末、近くのOLさんたちとの「合コン」を組んでくれた。「こいつ、童貞だからさ、誰か、良かったら付き合ってやってよ!」と御丁寧な援護射撃とでも言うべきか、そんな発言を繰り返していた。その合コンでは為すには至らなかった。何度も仁志さんとは、合コンに行ったものだが、僕にその機会はなかなか訪れなかった。結局、僕が「男になった」のは、一年生の終わり際、相手は同じ部の二つ上の先輩であった。その人とは付き合うこともなく、「こんな形で男になって良かったのかなあ…」と思ったりもしたものだ。だが、仁志さんは、「よかよか! 下手に付き合ったりするなよ。ぬしは、宮崎の女と結婚したがよか」と言っていたものだ。その後、僕は、本当にお付き合いをした人がいたが、無論、結婚には至っていない。正直に書けば、他にも複数の女性とお付き合いをしたわけだが、仁志さんのような、要領の良さを持ち合わせていない僕は、ときとして、相手の女性を傷つけてしまったことが少なからずあったように思う。仁志さんからは、「おれは一言もあなたのことを好きとは言ってないよって言え」と、よくアドバイスしてもらっていたが、そんなに都合の良い物言いは僕にはできなかった。

僕は、後に嘉納君とも一緒に何度も合コンに行っていた。今にして思えば、きつい土曜日の練習中、「これをこなせば夜は合コンだし」と頑張れていた。大人の、いや違うな、大学生ならではの「メリハリ」が、何はともあれ、僕の生活の中でつくられた時期であったと自己肯定することにしよう。

さて、競技生活の方はというと、一年生のときは、上述したような寮生活に翻弄《ほんろう》されていたこともあり、まったく満足な結果を得ることなく終わった。二年生になっても、鳴かず飛ばずの状況が続き、関東インカレ二部で同級生の嘉納君が見事、四〇〇mハードルで優勝したことに感動していたものだ。

その年のインカレでは、本当の意味での、仁志さんのメリハリの凄さに接することになった。一〇〇mの予選・準決勝は、仁志さんはギリギリの通過。代わりに仁志さんの一つ上の飯田先輩が絶好調であった。その日の晩の宿舎でのミーティングの際、飯田先輩は、「明日の一〇〇の決勝は、仁志とワンツーで十一点取りますから（インカレをはじめとした対校戦は、一位六点、二位五点、…六位一点と点数が付けられ、各大学の合計得点を競い合うことになっている。なお、その翌年からは八位までが入賞となり、一位は八点、二位は七点、……、八位一点に変更された）」と意気盛んなコメントであった。続けて発言した仁志さんは、「ワンが僕で、ツーが飯田さんですから」と一言。皆は笑っていたが、仁志さんの目が「まじ」であったことを僕は見逃していなかった。

ミーティングが終わり、「津谷、ちょっと付き合え」と言われた。「あ、マッサージか」と思いきや、「ちょっと飲みに行くぞ」と言って、水道橋近くの居酒屋に出かけた。てっきり、仁志さんの明日のレースのことを聞かされることになるのかと思いきや、「ぬしも、そろそろ覚醒せんとな。卒業までに必ずインカレには出らんといかんぞ」から始まり、僕を取りまく状況、そして、僕の悩み等々、話しは僕の事ばかりであり、挙句の果てには、「僕は情けないです…」と涙する僕とともに、仁志さんは、二人で一升近い日本酒を空けてしまうほど飲んでいた。

翌日の一〇〇m決勝。「仁志さん、大丈夫かな、夕べあんなに飲んでしまって」との心配を他所《よそ》に、見事優勝してみせた。本当にすげえなあ！　と思ったものである。帰路の車中（高崎線）で仁志さんの隣に座り話しをすることができた。

「本当に、お疲れさまでした。そして二連覇おめでとうございます」

「おー、まあな。ぬしと飲んだろが。あれで、流れが変わったな」

「はあ…」

「正直、決勝がそのまま、準決勝の日に続けてあったら負けとったと思う。なんの、日が変われば、おれの流れが来ると思っとったもんね。付き合わせて悪かったな」

「いいえ、とんでもないです。ありがとうございました」

僕にとっては奥深い、そして、忘れられない仁志さんの優勝コメントであった。


その年の冬期練習、僕は上州での生活にも慣れてきたこともあり、そしてまた、嘉納君という指南役《しなんやく》の存在もあって、厳しいメニューをこなし続けた。当時の短長パートのメニューは嘉納君がつくっており、僕も必死に付いて行った。

大学三年生のシーズンイン。県選手権の予選であった。僕は関東インカレ二部校の四〇〇mハードルの標準記録Bを突破できた。思い返しても不思議な感覚のレースであった。あれほど過剰なまでの緊張癖があった僕が、その日に限っては、至って平常心そのものであり、来たるべきレースを静かに、そして無心で迎えていた。レース自体も何も覚えていない。とにかく、十台すべての歩数がばっちり合って、最終ハードルを越えてからも、力を振り絞ることができた。レース後の疲労感もまったくなかった。人生の中で、最初で最後に近い、まさに「はまった」レースだったし、俗にいうところの「ゾーン」に入った状態だったのであろう。前の組で決勝進出を決めていた嘉納君が、まるで自分のことのように「津谷！　標準切ったよ！　切ったよ！」と涙目になっていた。その姿を見て初めて「やったあ」と実感できた。忘れもしない敷島陸上競技場の第四コーナー近くのトイレに入って、「やったぜ…」と涙を流し一人喜びに浸っていたものだ。迎えた決勝レースは、一台目の入りで失敗、これもまた僕らしい…。

この標準記録Bを突破できたレースを六つ目の《生まれてきてよかったなあ》に適用することにしたい。理由は二つある。一つは、競技の世界は、「頑張れば必ず結果に結びつく」ものでは決してない。そこにこそ、競技の厳しさがあるともいえよう。要は、「どう頑張るか」が肝要《かんよう》なのであり、冬期練習中から僕は初めて「考えながら練習をやる」習慣を身につけることができた契機だった、と自己分析するからである。そしてもう一つの理由は、嘉納君の存在である。レース後、「まるで自分のことのように」喜んでくれた様に接したとき、僕は、真の友情なるものを知ることになったような心持ちであったのだ。改めて感謝したい。嘉納君、本当にありがとう。

初めての関東インカレ出場だ。二部校であるとはいえ、僕の中では誇らしい気持ちであった。ただ一つ残念だったのは、毎年の会場であった国立競技場が翌年開催されることになっていた世界選手権のための改修工事中であり、その年に限って、神奈川の等々力陸上競技場に変更となった。「あーあ、国立競技場で走りたかったなあ」と思いつつも、「それでも、念願のインカレ出場なんだ。もっと記録を伸ばして見せてやる」と思っていた最中、宮崎の父親から電話が入り、祖母が亡くなったとの報を受けた。主将であった仁志さんに相談すると、「すぐ帰れ。インカレも無理して出らんでよか。来年もあろうが」とのことだった。僕は一応、インカレに出場する支度を整え、空路宮崎へと帰省し、通夜と葬儀に参列した。僕が宮崎に帰り着くまでのこと、何度か僕の両親に会ってくれていた仁志さんは、わざわざ僕の実家に電話をしてくれていて、お悔やみの言葉とともに、父親に対し「そちらの事情を優先してください。インカレには無理してこなくていいですから」と伝えてくれたらしい。

両親ともに、関東インカレなる大会、そして、僕がようやく獲得した出場権のことなど知る由《よし》もない。僕は父親がしばらく落ち着くまでこっちにいなさいと言えば、それに従うつもりでいた。しかし、父親は、「仁志さんから電話があったが。明日の朝一番の飛行機に乗れば、試合には間に合うっちゃろ、行きなさい」と言ってくれた。祖母に最後の別れをしっかりとし、僕は部員とは別行動で等々力へと向かった。

競技場に着くなり、仁志さんは「やっぱり来たか。しっかり走れよ」と言ってくれた。前日の刺激を入れ、翌日に備えた。部屋は、主務が気を利かせてくれてのことであろう、仁志さんと同部屋であった。

初めての関東インカレ、結果は県選手権を上回る自己新記録が出た。しかし、もちろんのこと予選敗退であった。まずは嘉納君に「かのう、決勝がんばれよ！」とエールを送った。その後、スタンドの陣地に戻り、仁志さんに挨拶した。「今まで観たレースの中で一番よかったな。おまえもヨンパーの選手になったということだ」と言ってくれた。続けて、監督である西山先生に結果報告をした。

「先ほど、四〇〇mハードル予選に出場させてもらいました。結果は予選落ちです」

「知ってますよ、観ていたから」

「あ、すみません」

「いやあ、初めて君のちゃんとした四〇〇mハードルをみましたよ。なんだか、感動しましたよ。良かったな。でもまだまだ勉強が足りないんだなあ。あ、この本を読むといいですよ。今の君にはぴったりの本だと思いますよ。まあ、とにかくご苦労さん」

そのとき、手渡された本が、僕の人生における「出会いの本」になるわけである。

本のタイトルは、『コートの外』より愛をこめ―スポーツ空間の人間学」なるものであった。著者は荒井貞光という方、広島大学の先生であった。

その本は、インカレから帰ってすぐに読み始めた。読書は好きな方であったが、これほどまでに「引き込まれた」本は初めてだった。とにかく、おもしろかった。そしてまた、「スポーツ社会学とはこういう学問なのかあ…」と深く、それは深く感じ入った。学科の体育社会学にはまったくおもしろさを感じていなかった。先に書いた体育心理学同様、定年近い教官が、「体育社会学講義」なるテキストを用い、解説を加えるだけの講義であった。講義の内容は、まったくと言っていいほど記憶にない。

しかしながら、本来ならば、一年生のときに受講すべきであった教養科目を多数落としていたこともあり、偶然履修した、教養科目の「社会学」は、おもしろかった。とはいえ、受講回数は五~六回程度であったが、期末試験を受けた結果は、「A」であった。「いい加減な先生が採点したんだろうな」と思っていたら、教務課の掲示板にその先生から、僕を呼び出す旨の書が貼られていた。「出した単位は間違いですと言われるのであろうか…」と思いながら、その先生の研究室を訪問すると、「君の答案の内容はとてもおもしろかったですよ。僕は引き込まれる思いで読みました。僕の授業は出席数はまったく考慮しない。全出席していた者であっても、不可を出していますから。それを伝えたくて、呼び出しました。ご足労を願い申し訳なかったね」と、予想もしなかった御言葉を頂戴することになった。その「社会学」の試験問題は、うろ覚えであるが、「近代から現代における地域コミュニティにおいて生じてきた課題を述べ、その課題解決に向けた私見を述べよ」といった内容であったと思う。僕は、なりふり構わずに、こんな小論文を書いた(ように思う)。

「近代の地域コミュニティとは、地縁血縁を基軸とした主従関係が基礎となった社会で構成されてきた。そのことに伴い、ときに人々は部落問題をはじめとした差別の構図の中に身を置かざるを得ない状況になったといえよう。現代と近代の境目がどこにあるのか、明言はできないものの、仮にそれを戦後とするならば、社会教育法の制定を機として、真の『ひとを尊重する』社会の構築がめざされたと理解すべきなのではなかろうか。その際、社会体育延いてはスポーツが各人の生存権を保障する重要な要素になり得ると信じて疑わない。今後の現代社会、また、その先にある未来における社会においては、体育、殊更に、スポーツが地域コミュニティの再創造に貢献する可能性が大なのではなかろうか。私もその一員になるべく、社会をみつめ、社会に参画していきたいと思っている」

これもまた、当時を思い返し、「こんな感じの内容だったよな」との思いで書いたものであるからして、当時のそれは、稚拙極まりない文章であったに違いない。しかし、社会学の先生に研究室まで呼び出され、褒められたこともあり、「コートの外より愛をこめ」という、スポーツ社会学の論考もまた、すーっと、腑に落ちたというか、ある種の衝撃にも近い感情を以って、読むことができたように思っている。それにしても、「僕の授業は、出席回数はまったく考慮しない」

と公言された社会学の先生もまた、「大学とはまさにこういう社会なのか、格好いいなあ」と思ったものである。

　話しを「コートの外より愛をこめ」に戻そう。僕はその本を読み終えてすぐに西山先生の研究室を訪ねた。

「先生、大変おもしろかったです。変な言い方ですが、雷に打たれたような思いがしました。体育を取りまく人文社会科学ってこういうものなのかと、感銘を覚えました」

「それは良かったな。その本は君にあげよう。そこまで感動したならば、著者の荒井君（西山先生と荒井先生は大学の先輩後輩の仲であったらしい）に手紙を書いたらいいですよ。そして、広島大学に行ってくればいい」

　本の著者にお手紙を書く、そして会いに行けばいい、という発想はそれまでの僕にはまったくなかった。なにせ、本を書いている人は「偉い人」であり、著者に感想を述べるということ自体、まったく考えもしなかったことであった。僕は意を決して、荒井先生にお手紙を書いた。すぐに返事がきて、「達筆」過ぎてよく読めなかったが、ぜひ、お越しください、話しをしましょうとの旨が書かれていた。その後、訪問日時の相談のためのお手紙を再送し、また、すぐに返信をいただき、忘れもしない八月六日の午後一時にお会いすることになった。

高崎線で上野まで行き、山手線で東京駅へ。久しぶりの東海道新幹線に乗り、広島の地へ。到着すると広島駅はごった返していた。「そうかあ、今日は原爆記念日だ」と思いながら、広電の路面電車で広島大学東千田キャンパスへと向かった。

初めてお会いした荒井先生は、当時、四十三歳だったわけだ（五十歳を過ぎた、今の僕にあのときの荒井先生のような貫禄《かんろく》はまるでないなと思ってしまう…）。緊張仕切りの僕を気遣ってくださってのことであろう。「昼飯まだだろ?」と言い、キャンパス近くの中華料理店に連れて行ってもらった。ビールが出てきて、よく覚えていないが、数品の中華料理が出てきた。


「あのさあ、僕の本読んで、こんなふうにお手紙もらったり、来てもらったりするの初めてなんじゃや。嬉しいよ。まあ、飲もうぜ。固くなりなさんな」

「ありがとうございます。本当に先生の本、感動しました。僕は、陸上をやっているのですが、高校のときからとても緊張癖があって、先生のスポーツ空間論を読ませてもらい、僕の生活になかった、『気分の移動』なる考え方が、すーっと腑に落ちました。それに、先生の本を読ませてもらって、社会学とは、ひとをみつめる学問なのではないのかなとも思いました。客観的に僕という『ひと』をみつめることができたような感覚に陥《おちい》りました」

「すげえじゃんかよ！　完璧な読書感だよ。嬉しいなあ。そこら辺のメッセージを読み取ってくれたのかあ。まあ、飲みなよ」とビールを勧められた。

当時の僕は、ある意味、怖いもの知らずだったのであろう。続けて、

「あのお、もしよろしければ、先生のスポーツ社会学観をお教えいただけませんでしょうか」

と尋ねてみた。

「そうだねえ、あなたがさっき言った感想がほぼ僕の社会学観だよ。社会ってさあ、ひとの集まりで構成されているわけだよね。てことはだ、スポーツってさあ、やっぱりひとが営んでいるわけだよね。それが、ときとしてチームになったり、クラブになったりする。チームでもクラブでもひととひととの関係で成立しているわけさ、それがうまくいっているときは、心地良いスポーツライフってことになるし、そうで無い場合もあるわけだ。なんていうかあ、そうだなあ、スポーツ社会学ってさあ、そういった、スポーツの中にあるひととひとの関係のあり様を解釈し、適切に説明をする学問だと思うんじゃ。それが読み手であったり、聞き手の中で『あー、それよくわかる』って思わせたら勝ちっていうかあ、社会学になるわけさ。まあ飲みなよ。久しぶりにまじめな話しをしてっからさあ、僕も興奮しちゃうよ。僕は、時々、広島弁が出るけどさあ、生まれは神奈川なんだぜえ」

「なるほどお！　頭が弱い私でもすごくよく理解できました。ありがとうございます」

「ていうかさあ、今日泊まれないの？　大学の宿舎取ってやるから」

「いえ、泊まるところは自分で押さえます」

「えーんじゃ。夜も付き合ってよ」

というわけで、広島大学の東千田キャンパスの隣にあった職員会館に泊まらせてもらうことになった。夕方からは、後に、「指導教官」となる東山先生、他数名が集まって、薬研堀《やげんぼり》の日向娘《ひゅうがむすめ》という、先生の行きつけの小料理屋で小宴会を催していただくことになった。無論、その場においても社会学論が活発に展開された、わけではなく、当の荒井先生はべろべろの泥酔状態になってしまい、

「おい、津谷！　宮崎出身って言ったろ。この店の女将さん二人とも宮崎なんじゃ。何かの縁じゃんかよお！」

「宮崎ね、宮崎のどこね？」と女将さん。

「あ、清武です」

「あらあ、私は延岡よ」

「あ、僕の母親が延岡です」

「まあ、それはそれは。荒井先生良かったねえ、良い子が来てくれて」

「そうなんじゃ！　まあ、それはえーんじゃが、おい、津谷、刈り干し切り唄歌えや」

「すみません、僕、刈り干し切り唄知らないんです…」

「なんじゃいね、故郷の大切な歌じゃろうが。えーわい、わしが歌う」
と言われ、見事なまでの声量と音程、そしてなにより、魂の入った、アカペラの熱唱を目の当たりにすることになった。僕はその後すぐにCDを買って、「刈り干し切り唄」を覚えることになった。素朴で、なおかつ、叙情《じょじょう》に満ちた素敵な歌である。

翌朝、前夜の御礼を述べに、再度、先生の研究室へと向かった。先生は既に研究室に来ておられ、前夜の泥酔状態が嘘であったかのような佇《たたず》まいであった。僕は、職員宿舎で一晩考えに考えたことを思い切って言ってみることにした。

「先生、ゆうべはありがとうございました。ついては御相談なのですが。広島大学の編入試験を受けさせてもらえませんでしょうか。先生の下で勉強させてください」

「おいおい、それは嬉しい話しだけどさあ、今の大学は卒業してこいや。どうよ、大学院に来たらどうだい？　昨日来ていた水田君も大学院から僕のところで勉強してるんだけどさ、そっちのほうがいいと思うよ」

「…、はあ、なるほどですね。ありがとうございます。群馬に戻って考えてまたお便りさせていただきます」

と言い、僕は帰路につくことになった。車中、「大学院かあ、考えもしなかったなあ…。修士課程でまた二年間かあ…、学費はどうしたものかな…、それに四年経ったら教員になって宮崎に帰ると両親、それにさこちゃんとも約束していたもんなあ…」等と、ずーっと悩んでいた。と同時に、てげてげであったはずの僕は、てげな学問、そして、競技に対して力を注ぐ人間になっているのかもしれないなあ、と自らの変化を少しだけ自覚しながら、新幹線の車窓から目に入ってくる、知らぬ土地の風景をぼやーっと眺め続けていた。

大学に戻り、西山先生に諸々を報告した。すぐに、荒井先生に電話を入れ、御礼を言ってくれていた。西山先生は次のような言葉を投げかけてくれた。

「君はここ（大学）に来る時点で、故郷を脱藩してきた身ですよ。脱藩ついでに次は、広島の地に学究の旅をすればいいんですよ。幕末の志士たちは皆、教えを請うためならば、どこぞ構わず、師を求めて流浪してまわったんだなあ。荒井君の下で新たな学究を追求すればいいんですよ。西山なんかの下では駄目だと三下り半を突き付ければいいんですよ」

と、如何にも、西山先生らしいご助言をいただくことになった。しかし、僕の中では早々簡単に決心できる事案ではなかった。しばし、このことは考えまい、残りの陸上部活動、それに、卒論の所属研究室を決めて、卒論のことも考えていかなくては、と、心を切り替えることにした。嘉納君にも相談をしてみた。彼は「おれはT大学の大学院に行くよ」と即答してきた。仁志さんは、「添江さんが行ったM大学（東海地方の国立大学）の大学院に行こうかと思いよるぞ」とのことだった。その当時は、まだ、大学院がある国立大学は少なかった時代であり（丁度僕が四年生のときに群馬大学にも大学院が設置されたが）、僕にしては珍しく本当に悩み続けた。

三年生のシーズンも終わり、それまで主将であった四年の仁志さんが勇退された。次の主将選びが始まった。嘉納君は「津谷、おまえやれよ」と言ってくれたが、その気にはなれず、というよりも、僕のような競技力、人間力ともに乏しい者は主将などなるべきではないとの明確な自覚があった。結果的には、同じ短距離の短長パートで一緒に活動していた関谷君が主将となった。短距離ブロック長は嘉納君。落ち着くところに落ち着いたわけである。

僕にとっての大学最後のシーズンは、三年生のときのような勢いはなくなっており、関東インカレの標準記録を突破できないままでいた。インカレ出場者の最終エントリーが終わり、僕は、「お情け」選考の末、一六〇〇ｍリレーのメンバー登録のみしてもらった。「まあ、しかたない。高校時代と一緒の終わり方だな」と思っていた。

僕は、三年生の後期から仁志さんに紹介してもらっていたバーテンダーのアルバイトに出かけ、グラスと皿洗い、そしてトイレ掃除といった仕事をこなしていた。ちなみに、そのバイト先のマスターは、無類の読書家であり、まさに「インテリ」であった。曰くに、

「バーテンダーという職業はな、『人生最後の悩みを聞いてあげられる人』なんだよ。オックスフォード大辞典にその手の事が書かれてある。だからな、おまえたちバイトの人間は、客との会話は控えなさい。その代わり、僕と客の会話に聞き入っているといいよ」

何とも、また格好いいセリフであり、またもや、新しい刺激を受けることになった。

そんなこんなで、その日もまた、バーテンダーのアルバイトに勤しんでいた僕のところに、主務の浜路君が訪ねてきた。

「マスター、少しの時間、津谷を借りていいですか?」と浜路君。

「あー、いいよ」とマスター。

店の外で話しを聞くことになった。

「津谷、本当に申し訳ない。津谷は去年の関東インカレで標準記録切っていたんだよ。それが今年のインカレまで有効だったの。それをおれが見落としてしまった。本当に申し訳ない」

と言いながら、土下座をしようとしたので、慌てて、

「きくちゃん（浜路君の愛称）、そんなに謝らないでよ。いいよ。おれ、本当に気にしていないよ。今シーズン、しっかり標準切れなかった時点で、心の整理はちゃんとついていたんだから」

「いや、本当に申し訳ない…」

「わざわざ、ここまで来てくれるなんて。返っておれが恐縮しちゃうよ。ありがとう」

と応え、何事もなかったがごとく、職務に復帰した。そこは、さすがマスターである。

「今日も車か?」

「はい」

「車は明日取りに来いや。店閉めたら、寿司でもいくべえや」

「……、ありがとうございます」

マスターなりの「残念会」を催してくださったわけだ。但し、マスターは、事の詳細を尋ねることなど一切なかった。それもまた、今にして思えば格好いい。マスターは一言だけ。

「ロバート・B・パーカーの『初秋』って本、読んだか?」

「いえ、読んでないです」

「明日持ってくるからやるよ。読むといい」

とだけ言葉を発し、その後は、「好きなだけ飲んで食えや」と言ってくれた。翌日には、マスターからもらった「初秋」を読み始めた。「読むといいよ」と言ってくれた意味がよくわかる、教育論にも相通ずる、ハードボイルド小説であった。僕にとっての名作コレクションが一つ増えた日になった。

僕（ら）にとっての最後の関東インカレ。嘉納君は前年の雪辱を果たして二度目の四〇〇mハードル優勝（五十一秒八〇の二部校の大会新記録）、併せて、日本インカレの標準記録も軽々と突破した（前年も前前年度も嘉納君は日本インカレには出場していたが）。二部校での対校得点順位は四位。僕らの世代もまた、一部校昇格を逃した。

その後、嘉納君はといえば、最後の日本インカレで見事に七位入賞を果たす。しかし、僕はその場にはいなかった…。僕は、なにやら、傷心にも近い思いで、尾瀬の山々を散策していたのだ。親友である嘉納君の快挙に接してやれなかったことを、今でも心から申し訳なく思っている。

話しは前後するが、僕は、卒論を作成するための研究室を決めなければならない三年生の九月頃、広島大学の大学院入試を受ける決心を固めた。そこには、先に書いたような西山先生からの助言も大きく関係していたが、最終的には自分で決めた。「どうしても、荒井先生の下で研究・学究を深めてみたい。その上で、宮崎に帰ればいい」と決めることにしたのだ。両親に恐々とその旨の相談の電話を入れた日のことを今でも忘れられない。父親は、「大学院ね…、（しばしの沈黙）、いいよ。行きなさい。四年も六年も一緒じゃが、お金のことは心配しなさんなね、何とでもするから」との返答であった。何度思い返してみても、本当に両親には苦労を強いてばかりであったなあと、思えてならない。

四年生の八月に広島大学大学院学校教育学研究科を受験した。何とか合格することができた。大学院の受験日の夜、荒井先生、東山先生、それに僕の三人で会食の機会を設けていただいた。その際、「ねえねえ、東山さん、合格だろ?」と荒井先生。「それはまだ何とも言えませんねえ」と東山先生が応える。「なんだよお、いいじゃんかよお、教えてくれよ」と、また荒井先生。今にして思えば、当事者である僕の前で、よくぞ、そのようなやりとりが為されたものだと感心してしまうが、荒井先生の執拗《しつよう》なまでの詰問《きつもん》に耐えられなくなった東山先生は、こそっと「ＯＫ」マークを示して見せた。「なんだよ、早く言えよな!　津谷君、これでＯＫ」と荒井先生は満面の笑みであった。

但し、大学院進学にあたっては、少々、複雑な事情が存在していた。僕が師事したかった荒井先生の所属学部は総合科学部であり、本来ならば、「総合科学研究科体育・スポーツ専修」を受験すべきところであった。しかし、総合科学研究科の体育・スポーツ専修は、理系領域と位置付けられていた。よって、荒井先生は、学部の卒論指導こそできていたものの、大学院担当にはなれないという事情にあったのだ。後年、実際に僕が大学院生になった折には、飲まれる度に、その制度に対する不平不満を爆発させておられたものだ…。

そこで、苦肉の策とまではいかないが、僕は、荒井先生の教え子である学校教育学研究科所属の東山先生のところに籍を置き、修士論文の主査は東山先生、そして、大学院講義も学校教育学研究科で受けるということになった。それ以外の時間帯は、荒井先生の下で、スポーツ社会学をはじめとした指導を受ける、といった、いわば、「ダブル指導教官」体制での大学院生活を送ることになったわけである。

話しを三年生後期辺りに戻そう。卒論作成に係る研究室配属は、三年生の後期に決定される制度になっていた。僕は、その頃には心が決まっていた大学院進学を視野に入れつつ、体育史がご専門の福井研究室に所属させてもらうことにした。当然、自分のところで卒論を書くと思っていたのであろう西山先生からは、「福井くんはね、君にぴったりの先生ですよ。僕は君のことが嫌いなんだなあ」と、どう受け止めれば良いのか、よくわからない憎まれ口を叩かれたが、僕はまったく意に介することなどなかった。誤解を招かないがためにも書くが、僕は西山先生のことを心から尊敬していたし、今でもその気持ちはまったく変わっていない。

当時の西山先生はまだ助教授であった。学部の教授会が終わると、決まって、僕ら学生たちが勉強している部屋に来られていた。大学院進学を決めていた嘉納君と僕は英語の勉強に専心していたが、他の同級生たちの多くは、教員採用試験の勉強に集中していた。西山先生は言うのである。

「教員採用試験の勉強をやってもまったく無意味なんだなあ。そもそも、教員養成をしている学部がばかばっかりなんだよ！　今日も教授会で喧嘩になりましたよ。学部長、あなた、もう辞職しなさいって言ってやったんだなあ！　教育とは何ぞや、ルソーの『エミール』を読み返してみなさいってな！　文部省がだめなんですよ！　君たち若者は、霞が関に行って、文部大臣に抗議してくれればいいんだよ！　暗殺してくれればいいんですよ！　教育をだめにしたのはおまえだって言ってな！　うちの学部はもうだめですよ！　君たちには申し訳ないと思ってますよ」

といった感じの発言ばかりされておられたものだ。

教員採用試験組は、まさに馬耳東風《ばじとうふう》。「また始まったか…」といわんばかりの態度であった。しかし、僕はといえば、文部大臣の暗殺こそ無理だなとは思いつつも、西山先生が「言わんとされていること」の一端は理解できていたように思えていたし、これぞ、大学人に求められるべき批判的精神なのであろうなとも感じ入っていたものである。ちなみに、西山先生は助教授時代、学長に対して教育方針をめぐって猛烈な抗議をし、ほぼ喧嘩状態となり、「講師」に降格されたという経歴があることを、つい数ヶ月前に知ることになった。そのときばかりは、「先生、そらあ、すごいことですね！　尊敬します！」と言うと、「君はこれまで僕のことを尊敬していなかったということなんだなあ」と切り返されたものである。

卒論の内容は、「スポーツ美談をめぐる神話構造」とした。ウインブルドンテニス大会で準優勝を果たした清水善三が、対戦相手がラリーの途中で足を滑らせて転んだ瞬間、「やわらかなボール」を返したという、「美談」の真相に迫るという内容であり、福井先生ご自身の研究テーマの一つでもあった。人文社会科学系研究の「いろは」さえ理解できていなかった僕に対して、福井先生は、研究関心の設計、研究方法論、そして考察の展開手法等、それらのノウハウを懇切丁寧に御指導いただいた。特に文献研究のあり方に関しては、僕が今の職に就くにあたっての基礎中の基礎を徹底的に叩き込まれた。但し、今になって読み返すと、まさしく稚拙極まりない卒論である。しかしながら、研究の切り口というか、視点はそれなりにおもしろさが秘められているようにも思っている。「原点に帰って、卒論のテーマで再度書き直してみよう」と何度か考えてきたし、その準備もしている。しかし、今の僕には最早、それもまた、無理なことであり、今後も実現の可能性は低いのかもしれない…。

第六編

「てげな」がんばり、苦しかった広島時代

p173

p190

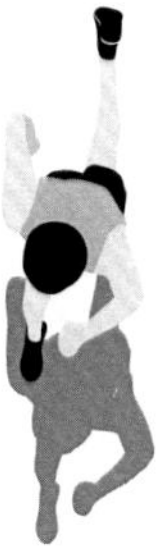

卒論の単位も無事に出していただき、僕は上州の地を後にすることになった。

広島への引っ越しにあたっては、大荷物は引っ越し業者に依頼したが、その他の小物の類は自家用車（カリーナＥＤ、コロナハッチバックは二年生のときに事故をし、廃車にしてしまっていた…）に乗せて行くことになった。親友の嘉納君は引っ越しの手伝いはもとより、僕がアパートを出発するまで付き合ってくれた。「くれぐれも道中気を付けてくれよ」と言ってくれ、固い握手をし、僕は旅立つことになった。

どうだろうか、距離にして、約九〇〇キロ弱を一人で運転していかねばならない。経費の節約もあり、極力高速道路は使わずに、前橋から高崎、その後、碓氷峠を登り切り、信州を横断し、岐阜、そして滋賀県へ。休憩がけらに立ち寄った琵琶湖を見たとき、思わず、「思えば遠くへきたもんだ♪」と海援隊の歌を口ずさんでいたものである。そこから、関西都市圏の京都、大阪、兵庫あたりは、渋滞の時間帯にかかるであろうと判断し、その区間のみ高速道路を走った。姫路を過ぎた辺りで下道に降り、国道二号線をひたすら西へと向かった。広島の契約していたアパートに着いたときには、丁度二十六時間を要していた。アパートに着くなり、一階の大家さんから鍵をもらい、既に到着していた布団を出して、死んだように寝入った。

さあ、広島での生活が始まった。到着したのが四月一日であったが、翌日の二日には、荒井先生の研究室に出向いた。「お疲れさま。早速だけどさあ、これ、研究室の鍵、いつでも使っていいから」と合鍵をもらうことになった。その後、「早速ついでなんだけどさ、今、広島市の報告書を書いてんだよね、ここからここまでのページ、あんた書いてごらん」と、早速、執筆作業に関与することになった。荒井先生は、「ちゃんと書けないことはわかっているの。あなたを預かる以上、少しの時間も無駄にできない。二年間しかないいんじゃけえ」と言って、僕の気持ちを鼓舞《こぶ》してくださった。

大学院の入学式には出席していない。荒井先生に任された報告書の執筆作業で徹夜をしていたので、行く気にもならなかった。但し、研究科のガイダンスには出なくてはならない。僕は、広島市中区東千田町にあった荒井先生の研究室から、距離にして六キロほど離れた学校教育学研究科がある南区東雲《しののめ》町まで移動し、ガイダンスを受けるとともに、東山先生への挨拶のため、研究室へと向かった。荒井先生と同様に、「引っ越しお疲れさま。僕の部屋の合鍵渡しておくからさ」と鍵をお預かりすることになった。

その後の生活は次のようなルーティンとなった。朝、八時には東山研究室に到着、床の箒かけをし、先生の机以外の箇所を雑巾《ぞうきん》がけする。東山先生が来られたら、ご挨拶をし、「何かお手伝いすることはありませんでしょうか」と尋ねるも、いつも、「特にないから、授業に行きんさい」と送り出される。ひとしきり、大学院講義が終わったら、東山先生の研究室に戻り、再度、「先生、何か御用はありませんでしょうか」と尋ね、「ないよ」との返答を受けたら、「先生、では、東千田の荒井先生のところに行ってきます。何かご伝言等はございませんでしょうか」と尋ね、そこに関しては時々、御用を仰せつかっていた。

東千田町の荒井先生の研究室に着くのは、概ね、十四時から十五時の時間帯であった。早速、課せられていた報告書の作成作業に取り掛かりながらも、「あ、それ、後回しでいいから、今から市役所の文化課に行こう」とか「県体協行くよ」とか「今日は県教委」とかとかで、最初のうちは「外回り」が多かったこと…。その行く先々で、僕のことを紹介してくださり、「僕がいないときには、津谷君が対応することが出てくるでしょうから、お見知りおきを」という次第であった。荒井先生の研究室にいるときは、基本、先生が帰られるまでは必ず研究室にいると決めていた。その後、研究室の掃除をし、与えられていた仕事、さらには、大学院講義の課題等をこなし、帰宅は概ねいつも二十二時あたりであった。「絶対にこの生活を二年間やり遂げる」と心に誓って広島の地に来たこともあり、その頃の僕は苦痛でも何でもなかった。

学期初めの数ヶ月は、節約の意味もあって、自転車のみでの移動であったが、荒井先生、東山先生ともに自動車の運転免許を持っていない人たちであった。二人の指導教官と僕の間のペースが徐々に定着し始めると、「明日は車で来てよ」が増えてきた。東山先生は、県の陸上競技協会の役員でいらっしゃり、その関係で、出来立てのビッグアーチ（陸上競技場）や陸上競技協会事務局への送迎が多かった。荒井先生もまた、「明日はどこそこ、まわらなくてはならないからから車で来て」ということが増え始め、ご自宅までお送りすることもよくあった。

あ、そうそう、「どこそこまわっていた」会合のある日、「津谷くん、あんたどう思う?」とコメントを求められ、僕はその場の雰囲気からしたら、かなり批判的な内容を発言したことがあった。内容の詳細は覚えていないが、「ヒロシマ＝平和都市という言葉に何度も接してきましたが、正直、広島はそれしか売りがないのか、との思いになったりもします。平和都市は前提としながらも、もっと異なる都市計画こそが求められるべきなのではないでしょうか。サンフレッチェというJリーグのクラブができるそうですが、荒井先生のクラブ論からいけば、広島カープでいいでしょ。カープというクラブ組織の中に、野球、サッカー、それにJTのバレーボールのトップチームがある。そういう全国に先駆けた発想の方が大切なんじゃないのでしょうか」と、またまた怖いもの知らずよろしく、発言をしたものだ。荒井先生はその場では何も発しなかったものの、研究室への帰路、「ちょっとこの店寄ろうぜ」と言って、某紳士服店に立ち寄ることになった。「何を買うんだろう?」と思っていたら、店員さんに「この人（僕）の採寸してもらって適当なスーツ一着もうおうか」と言われるのであった。「今日のあんたの発言には感動したよ。ご褒美じゃ」と言って、スーツを一着誂《あつら》えてもらうことになってしまった。恐縮しきりの僕に対し、先生は「えーんじゃ、えーんじゃ」。そのスーツはその後の学会発表や修士論文発表会といった機会には必ず着用していたものだ。今では体格がでかくなりすぎてしまい、着られないからだになってしまったが、大切に保管しているスーツである。荒井先生とはそういう先生だった…。その代わり、つまらない発言をしたときは、容赦なく激しい叱責を「飲みの場」でいただくことになるのであるが…。あれは辛かった…。

当時の僕の自宅には、敢えてテレビを置かず、家にいるときは、いくら疲れていたとしても最低でも二時間は論文を読むと決めていた。しかし、後期になってしばらくした頃、荒井先生から「社会学やる人がテレビの情報を気にしないってのもおかしいぜ」と言われ、渋々、中古の電気製品を取り扱っている店に出向き、テレビを購入することになった（そのテレビ代も荒井先生が出してくれたものだ）。その頃は、とにかく、二人の指導教官から言われたことはなんでもやると決めていたし、絶対に、良い修士論文を書き、先生方の教えを基に、学究を極め、教員として宮崎に帰るのだと決めていた。しかし、そのような決意は後期に入ってほどなくして、大きな転機をみることになった。つまりは、高校の教員ではなく、大学職に就こうとの思いに目標が変わっていくことになるのである。それは荒井先生とのやりとりの中でそうなった。

「僕はあなたを預かるにあたって言っておきたいことがある。僕が持っている知識や知恵の類は、惜しげもなく、あなたに見せるし、場合によっては指導していく。その先にあるのは、研究者の道に他ならない。なぜならば、僕と東山さんは大学の研究者であるからして、極端に言えば、研究のあり方しか伝授できないの。どうよ？　高校の先生をめざすと言っていたけども、その気に変わりはないのかい？　そうであるならば、それなりの指導で留めるよ。今答えなくてもええんで。高校の教員をめざすのか、大学職をめざすのか、近いうちに意思表示しなさい。東山さんには僕からそのことを伝えるから」

と言われたのである。

僕は一晩寝ずに考え、翌日は、いつものルーティンを逆転させ、朝一番で荒井先生の研究室へと向かった。先生が来られる前に研究室の掃除を済ませたところで、丁度、先生が来られた。

「あれ、今日はこっちが先なんだ」と先生。

「先生、昨日いただいたお話しのお返事をさせていただくために、今日は朝一番でこちらに来ました。研究者をめざします。御指導よろしくお願いします」

「もう少し考えてからでいいんだぜ」

「いや、一晩寝ずに考えました。全国、どこへでも行きます。研究者をめざさせてください。そのための御指導よろしくお願いします」

「…（先生にしては珍しく沈黙の時間が続く）、わかったよ。東山さんにも僕からそう伝えておく。但し、就職まで何年掛かるかわからないよ。それでもいいのね？」

「はい、まずは、先生の社会学を吸収させていただければ僕はいいです。就職についての覚悟も決めてきました」

「わかったよ、力まない力まない、リラックスしてよ。力んでいる頭からはおもしろい発想なんか出ちゃこないんだからさ」

僕の研究者への長い道程がこうして始まったわけである。


そのような、今にして思えば、超多忙な日々を送っていた最中、僕は、かずし君という、以後、今現在に至るまでの親友、そして後に「盟友」となる人と出会うことになる。

かずし君との初対面は、誠に申し訳ないが、さほど記憶には無い。というのも、これまで書いてきたような生活を送っていた最中、帰宅後の二十二時過ぎの時間帯だったであろうか、学校教育研究科の一学年の先輩から電話が入った。「やっとつかまったな。あのさ、今、大学院生で飲んでいるからおれんち来いよ。お前とはほとんど話す機会ないからさ」とのことだった。「どうしたものかな…」と少しの時間、悩んだものの、出向くことにした。

そこには、先輩たち三名と同級生一名、それに、かずし君がいたわけである。その頃の僕は、大学院生室にいる人たちとは、表面上こそ、それなりの付き合いをしていたものの、腹の中では、

「おれは外様《とざま》の人間なんだから」という勝手な思い込みとともに、「こいつら、アンダー（Under Graduate＝学部）が広大の奴らに負けてなるものか」という気概に溢れていた。その飲み会の席で、かずし君のことを紹介してもらった。「現在は中学校で非常勤講師をしているが、研究生でうち（研究科）にも籍を置いている、来年度には修士課程に入ってくることになる人」といった具合いの紹介を、誰というわけでもなく、聞くことになった。そのときは、「どうぞ、よろしくお願いします」程度の挨拶だけで留まった。

飲み会に参加し始め、どうであろうか、三十分程度経過したときのこと、僕は意を決して、「僕、帰らせてもらいます。会費いくら置いていけばいいですか?」と発した。

「なんで帰るんだよ。まだ来たばっかりじゃねえかよ」と、先輩たち。

「僕、学会発表の準備もあるし、無意味な時間を過ごしたくないんです」

「なんだとー」と二人の先輩が立腹している。

「じゃあ、二〇〇〇円置いていきますので、失礼します」

と言って、僕は自宅に帰り、せっせと学会発表の準備等々に取り掛かることにした。今にして思えば、というよりも、今の僕には到底できないであろうH・難・度・級・の・離・れ・業・に近い。それぐらい、当時の僕は、燃えていたのである、

後日、同級生の大西君が「津谷ちゃん、この前は無理やり呼ぶことになってすまんかったのお。

先輩たちにはおれの方から取り繕っておくから」と言ってくれた。「取り繕ってもらう必要はないよ」と心の中で思いつつも、「気を遣わせてごめんね」とだけ応えた。

その数日後であったと思う。大西君が「今度は、つやちゃんとおれとかずし君の三人で飲もうよ」と言ってきた。「飲みの機会は、荒井先生と散々こなしてきているし、勘弁してよ」と思ったが、同級生でもあるし、快諾することにした。

三人の飲み会の会場は、最初にどっかの店に行ったのか、そこら辺の記憶が定かではないが、最終的に、僕のアパートで懇親を深めることになった。確かな記憶は、僕のアパートに来てからのことだけである。その際、僕はかずし君に対して、

「先日は、初対面でありながら大変失礼しました」と謝罪した。かずし君は、

「いや、そんなことなかばい、すげえ人やなあ、と思ったよ」

と返してくれた。かずし君の言葉とイントネーション（訛り）からして、僕は「この人も九州の人間なんやなあ」と思ったものだ（ということは、懇親会の一次会から、会場は僕のアパートだったということであろう…）。

その後の僕はといえば、久しぶりの同世代との飲み会ということもあり、研究のことはしばしの時間忘れることに決めた。その飲み会の折、忘れもしない、焼酎だか酎ハイだかを割るための「ロック氷」の袋を買ってきていたのであるが、全部の氷がくっ付いていていてグラスに入れらない

状態になっていた。かずし君は、「おれに任せない」と言って、自らの拳で、くっ付いた氷を見事に粉々にしてみせた。拳からは血が出ていて、「大丈夫や？」と言うと、「なーんが、これぐらい」と事も無げに答えていた。

その後、かずし君と意気投合することになった話題が今にして思い返してみれば、愉快な限りである。

「世の中で一番かっこつけの男って誰と思う」と、かずし君が聞いてきた。僕は、

「そらあ、田原俊彦やろ。あれは『かっこマン』よ！」

「あんた、わかっちょんねえ！　おれもそう思うとよ。『ぼくの、ぽるしぇ乗んなよ』って言うぐらいの実力を持っとる人やけね」

「じゃあよねえ！　足の組み方もかっこつけちょんもんねえ！」

そのときの僕は、久しぶりに宮崎弁で話していた。と同時に「このひと（かずし君）はすげぇ人やな」と直感したものである。

後年、かずし君は、よく僕に対して、「あの頃のあんたは自信満々の生き方をしていた。羨ましいぐらいに」とよく言ってくれる。「あの頃みたいに自信満々でおりない（いろよ）」とは、今の僕に対して投げかけてくれる助言でもある。とにかく、「出会いの日」であった。

というわけで、僕は新たな親友を得ることになるわけであるが、一方で、日常生活の「苦しさ」の度合いは、日に日に増していくことになった。「研究者をめざします」と宣言した僕に対して、荒井先生、東山先生は容赦なく、厳しい指導をしてくれた。その時点ではまだ、修士論文のテーマは決まっていなかった。荒井先生は、「とにかくさあ、今のあんたには、文章を書くトレーニングが不可欠」との指導方針を示され、大学院一年の九月には、地元の学会誌に投稿する論文を書くことになった。併せて、初めての学会発表も課せられ、忘れもしない、大妻女子大学で学会発表デビューを果たした。そこには、T大学大学院に進学していた嘉納君、それに大学時代から親交のあった森保君もいて、僕の学会発表を聞いてくれた。昼飯は三人で寿司を食いに行ったはずである。森保君の専門領域は、バイオメカニクスであったが、まさしく「頭の良い」人であり、人文社会系の研究に対する関心もおおいに持ち合わせていた。後に、「体育・スポーツ科学をめぐる学際的（横断的）研究の必要性」を発信し、各種学会、さらには日本陸上競技連盟関係の仕事を多数こなすことになる。森保君もまた、僕と嘉納君と同じ四〇〇mハードルが専門であり、僕はまったくライバルにはなり得なかったが、嘉納君とは何度も激しいバトルを展開していた仲であった。

思い返せば、僕は大学院時代だけで、修士論文以外に原著論文二編、報告書（共著）三編、学会発表四回をこなしていた。「業績がないことには研究者の道はない」との荒井先生の方針に拠るものであった。但し、肝心要の修士論文は、「とりあえずの修論じゃのお、だから何？　って感じの内容だよな」（荒井先生）のレベルに留まってしまう。「修論を発展させて何本か論文書けばいいんだからさ」とは東山先生からの談であった。

猛烈なまでに、数こそつくった大学院時代の研究活動ではあるが、僕の中では、「上滑り」とでもいうべき思いを抱き始めていた。そのことは、今の僕が抱いているコンプレックスでもある。正直に書けば、「この論文（研究）は、どこが社会学的な切り口になり得ているのか」とか、ソフトを用いて統計解析をするわけであるが、「なぜ、この数値で有意差とか相関とかの有無を言えるのか」といった、いわば、研究の「基礎中の基礎」のトレーニングを徹底的に指導されたことがないのだ。端的な表現をすれば、「格好だけの研究」とでも言おうか…。とにかく、本当の？研究活動を、少なくとも自分自身の中で確立することになったのは、最初の方にも書いたが、三十歳代の後半を過ぎてからのことだと思う。遅すぎ、である。

そのような思いは、後年、同僚となるかずし君から指摘されたことでもある。自身の中での自覚とも相まって、そのときは、かなり大きなショックを受けたものである。

前出のかずし君、嘉納君、森保君といった僕の同級生たちは、修士課程修了後もなお、医学系大学の研究生、博士課程、さらには、最先端の研究機関に身を置きつつ、英文の読み書きをはじめとした、研究の基礎を確実に身に着けてきた時期が存在している。それに対して僕はといえば、

「とにかく大学への就職」を第一義にしてきたこともあり、少なくとも、三人の親友たちが培ってきた（鍛えられてきた）「研究の基礎力」を身に付けていない状態で、その後の十数年間を過ごしてきたわけである。繰り返そう、僕の研究は似非《えせ》にも近いレベルに終始してきた時期が存在するわけである。

そうこうしながら、ときが過ぎていく中で、「何となくしっくりこない」、苦痛にも近い思いが、僕に襲い掛かってくるようになった。これもまた、正直に書こう。その時期の僕は、すでにうつ状態に陥っていたように思えてならない。どうだろうか、【なぜ、僕という人間はうつ病になったのか】の七つ目の要因というか経緯がここらあたりに見出せそうな気もしている。

「午前中は東雲、午後からは東千田」というルーティンこそ、継続できていたものの、二人の指導教官に気を遣うことに対し、疲労感を抱き始めていたのだろうと思う。学校教育研究科にいるときには、他の教官から「あなたは東山さんが指導教官なのだから、そこは外しちゃだめだよ」と言われていたし、荒井先生は、独特な世界観を持たれている方で、「ちょっとついていけないよ…」との思いを抱くことが多々あった。例えば、荒井先生は、僕の仕事上のミスであったり、力量不足を直接指導することなどまずなかった。指導は、酔ったときの酒宴の席、もしくは、同じく酔ったときの電話が常であり、そのたびに僕は、「素面《しらふ》のときに直接言ってくれよな…」と傷ついていたものである。そこらあたりの荒井先生の性格や言動の機微《きび》を熟知しておられる東山先生からは、ときに、僕に対するメンタルケアをしてもらっていたように思う。

今にして思えば、荒井先生のような「怪物的な」研究者は、これから先の、少なくとも体育・スポーツ研究の分野においては、まず間違いなく現れないであろう。荒井先生は、「一度決めたことは何が何でも成し遂げる」、そしてまた、「誰もが思いつくはずもないであろう発想（アイデア）と概念モデルつくり」に対して、並々ならぬエネルギーを惜しげもなく費やせる方であった。とにかく、凄い先生であり、学者であったと思う。今にして思えば、もう一度、あの頃――大学院一年生時代の生活をやれ、と言われても、絶対に無理である…。

特にその時期、荒井先生は確かに、精神状態が少しおかしかった。最も大きな理由は、キャンパスの東広島市への移転が翌年に迫っていたことにあった。「あんな山の中で社会学なんかできっかよ！」とか、「爆弾仕掛けて新しいそうか（総合科学部）の建物爆破できねえもんかな」とか、ときに物騒な物言いを半ば本気で発しておられたものだ。それに、「あんたはいいよな。東雲にいられるんだからさ」ともよく言われていた。僕の中では、今までどおり、荒井先生が東広島に行かれても、午後からは通おうと思っていたのだが、「あんたの拠点は東雲じゃけえねえ」と、これもまた酔ったときに言われ続けることが苦しかった。「おれは、荒井先生に師事するために広島に来たんですよ！」と何度、心の中で叫んだことか…。

苦しかった。本当に苦しい時期であった。とてもではないが、てげてげしている間もない日々であったように思う。

大学院の二年生になると、荒井先生が東広島キャンパスに移られたこともあり、僕の生活は大きな変化が生じることになった。学校教育研究科にいる時間が大部分を占め、荒井先生との接点がほぼ無くなったに等しい時期を迎えることになったのだ。「あの、大学院の一年目は何だったのだろうか…」との思いに苛まれつつ、何となく、バーンアウトにも近い感覚に一時的ではあるが陥っていたように思えてならない。

しかし、大学院二年になったら、かずし君がいてくれた。それに、現職の小学校教諭でいらっしゃった新山先生が「内地研究」という形で修士課程に来られたこともあり、僕にとっては、一年目とは異なる新たな刺激を多数受けることができた。なかでも、新山先生には公私ともに大変お世話になり、「体育とはなんぞや」、「子どもたちへの教育とはなんぞや」といった、僕にとっての二人の「指導教官」とはまったく異なる視点からの御指導をいただくことになった。大学院を修了してから先の、今に至るまでの僕は、大恩ある新山先生に対して不義理をしてしまっている。なぜそうなってしまったのであろう。実は僕自身、よくわからない…。とにかく慙愧《ざんき》の念に堪えない。僕は心底、だめな人間だ…。

僕は、その頃、「荒井先生が広大にいらっしゃるならば、主査にはなってもらえないにしても博士課程に進学しよう」と考えていた。これは本気で考えていた。学費は当時、東山先生にお世話をいただいていた複数の非常勤講師の給料で賄《まかな》えるとの計算もしていた。しかし、事情は一変する。「ここにいたってずっと教授になれないんだからさあ」という言葉とともに、荒井先生は新設の市立大学に異動されることになったのである。行先を見失ってしまったかのような心情にあった僕のことを慮《おもんばか》ってくださってのことであったのであろう、荒井先生は、「あんたさあ、まだ就職決まってないしさあ、非常勤やりながら、市立大学の特別研究員になりなよ。そういう感じで大学側とはもう話ができているから」と言ってもらった。正直、「どうとでもなってやるぜ」との思いであった。

というわけで、僕は修士課程を修了後、複数の非常勤講師を務めながら、荒井先生が赴任された市立大学に通うという、新しい生活ルーティンを、半ば強制的に確立せざるを得なくなった。幸か不幸か、その年は、広島でアジア大会が開催された。荒井先生はその式典関係の委員、東山先生は陸上競技種目のお偉いポスト、僕も陸上競技の補助員として関与することになったが、「これもまた、貴重な研究の機会」と自身の中で納得せざるを得ない状態であったように思う。アジア大会への関与は、確かに貴重な研究機会であった。荒井先生とともに、アジア大会に係る市民調査ができたし、そのデータを基に論文も書いた。但し、今の僕にとっては、研究業績から削除して良い論文の一つ、との思いが無くもないが…。

　そんなこんなの広島での生活の最中、期限付きではあるものの、大学職の話しが飛びこんできた。福岡の某大学の助手（二年任期）である。荒井先生は、そういうところは本当に義理堅い方で、僕と一緒にその大学に赴き、所属する研究室の教授と助教授に挨拶をしてくれた。アジア大会が終わってすぐの、初秋の候とは思えない、それは、それは暑い日のことであった…。

「てげてげ」している間もないとでもいおうか、てげな精一杯の思いで、過ごした広島での三年間であった。

第七編

再出現し始めた僕の「てげてげ」精神

p191
p202

任期付きで勤務した福岡での助手の三年間（一年延長してもらえた）、僕は、まさに無為な日々を送ってしまったものだと後悔の念を強く抱いている。

先にも書いた通り、「研究の基礎力」を培わなければならない、大切な時期（年齢）であったにもかかわらず、僕は、日々の担当授業コマ数の多さやその他の業務等を言い訳にし、怠惰《たいだ》な生活を送っていた。さらには、助手であるにもかかわらず、高給を得てしまっていたこともあり（当時の賞与は、今の僕の賞与よりも高かった）、完全に「大学の先生様」風情に成り下がっていたように思う。またもや、僕の人生に訪れた、てげてげな時期であったといえよう。

しかし、この三年間のすべてが無為であったわけでは決してない。それまでに関わったこともなかった体育・スポーツを専攻する学生たちとの接点の中で得たものは多数あった。「ぼく、頭は悪いんですけど、やる気はあるんですよ！　やるときはやりますから！　だから単位ください…」と言ってくる学生たちの気概と素直さとでもいうべき姿勢に接するたびに、「こいつらは、おれとはまったく違うなあ。『自信』に満ち溢れているじゃないか」と感心仕切りであった。そして、羨ましくもあった。競技の世界で獲得しているのであろう、彼らが有している「自信」めいたものは、僕にはない代物であったから。

それにまた、教員もおおらかそのものであった、ように思う。学部の教授会は月に一度行われるわけであるが、その中で、年に一度だけ助手も参加する機会があった。その際、お一人の教授が欠席されていた。学部長が事務長に尋ねる。「●●先生はご欠席ですか？」と。事務長は、「はい、今日は追い山（博多祇園山笠のクライマックス）の前日だから、そちらの方が大事だということでした」と答える。学部長は、「それはしかたないですね。はじめましょう！」。笑ってはいけなかったのであろうが、僕はそのやりとりがおかしくてたまらなかった。これもまた、「良き時代」の大学の姿の一部なのかもしれない。

　また、それまでに授業担当したことのなかった遠泳実習やキャンプ実習、さらには、僕にとっては未知の世界であったレクリエーション演習なる授業との接点（授業補佐）は、今の僕の「基礎の一部」になり得ているように思えてならない。

　そのような、未知に溢れた教員生活の中でも、研究室の助教授（松井先生）からは、多忙な生活の中、何度となく論文指導をいただいていた。「この状態では論文とは言えない。この論文の中で取り扱っている素材をどう切るか、どう社会学的に考察するか、それが勝負。それがないとつまらんばい」とよく言われていたものだ。しかしながら、その当時の僕には、そのような貴重な論文指導に応えるだけの気力が完全に低下してしまっていた。その頃の僕は、授業補佐をしていたレクリエーション演習の指導案作成の相談で、絶え間なく訪れてくる学生指導に熱中してしまっていたのだ。最初に、レクリエーション指導に接したときには、「おいおい、こんなことやれねえよ…」と、胡散臭《うさんくさ》ささえ抱いていた僕が、熱中の境地に至っていたわけである。「レクリエーションとはなんぞや？」、その当時から今に至るまで、ずっと抱き続けている、ある種の哲学的な「問い」であり、「答え」は未だに見出せていない。

二年間の任期であった助手生活を、一年延長していただくことになった教授、助教授に対しては、感謝の念に堪えない。なんだろうなあ、あの三年間がそのまま継続できていたとしたら、てげ、てげてげで、僕らしい生き方ができていたのかもしれない…。

三年間、勤務した助手の契約が終わり、僕は山口県の大学院博士課程に進学することになった。その大学院博士課程では、体育・スポーツとはまったく関係のない「社会科学研究科」に在籍していた。指導教員は、藝術論・演劇論がご専門であった高名な教授であったが、三回のゼミナールを受けるに過ぎなかった。たった三回のゼミナールではあったものの、その内容は、「大学の先生様」に成り下がっていた当時の僕にとっては、大きな刺激を受けるに十二分なものであった。文学をはじめとした、いわゆる人文社会系の学問の成り立ちから、その変容過程、さらには、今日の文学をめぐる意味性といったものが主な内容であった。一度だけ、「津谷君、文学としてのスポーツの可能性を考えてきてご覧、次回、私見を述べてみて」と言われ、僕は、平和ボケにも近い状態になっていた思考回路を入れ直し、多数の文献に向かい合いながら、必死の思いでレジュメを作成した。提出し、報告をしたレジュメの概要は、つぎのようなものであった。

「文学としてのスポーツとはつまり、スポーツに潜む文学性と読み替えて差し支えない。スポーツなる営みは、ひとの英知が収斂《しゅうれん》された『遊びを基底とする文化』であるとしたとき、そこには、必然的にドラマトゥルギカルな要素を見出せることになる。文学なる学問を敢えて『言葉遊びの学問』と定義してみよう。だとしたとき、スポーツ（科学）、文学の共通性を我々は見出すことになってしかるべきではなかろうか。…（中略）…、極論すれば、スポーツとは、その存在自体が既に文学に他ならず、●●（指導教員）の論考に基づけば、スポーツを消費しようする現在社会の美学に通じているはずであろう。文学からスポーツを切る、逆に、スポーツから文学を切る、という業は、我々現代人が見落としてきた一種の学問をめぐる陥穽《かんせい》（「落とし穴」といった意味）の一つに過ぎず、両者——スポーツと文学、文学とスポーツは、共鳴し合える関係をより明確なアカデミズムに昇華《しょうか》させるべき、と考えてやまない」

という内容であった。この内容は、当時のそれが手元にあるので、そのままを記したものである。無い頭を、まさに全稼働させて紡ぎ出した内容であった。

ゼミナールを主宰されておられた指導教員からは、

「僕は、週一日だけ、ここ（山口）に来ているんだけど、どう、京都に来ないか？　僕の母校の京大で、今報告した内容をもとに、博論（博士論文）書いてはどうですか？　この報告内容は極めておもしろいです」

と、信じられない高評価をいただくことになった。

そのとき、思ったものである。「これぐらいの発想は荒井先生の下に三年いたおれにしてみれば、そう大袈裟に評価されるものではないはずだぜ」と。でも、大部分がお世辞であったとしても、そのときの僕は凄く嬉しかった。

しかしながら、在籍していた博士課程の生活は半年で終焉《しゅうえん》を迎えることになる。その大学院を紹介してもらっていた方との仲が途切れることとなり、やむなく、中退せざるを得なくなったわけだ。半年間ではあったが、体育・スポーツ科学、教育学とはまったく異なる学問分野に触れられたことは、その後の僕の人生にとって、貴重な時間であり、財産になり得たと思っている。

博士課程を退学し、路頭に迷っていたときのこと、助手でお世話になっていた時分の助教授から、福岡市体育協会（以下、「市体協」）の嘱託職員の話しをいただくことになった。『この状態で宮崎に帰れるはずもない』と考えていた僕は、そこでお世話になることに決めた。一方で、その決断に至るまでの期間においては、親友のかずし君から、某大学の研究生になってはどうか、との進言をもらっていた。どちらが正解だったのが、無論、それは今でもわからないことであるが、あのとき、仮に、かずし君が進めてくれた進路を選択していたとしたら、当然のことながら、今の僕とは異なる僕になっていたのであろう。改めて、真剣に当時の僕を心配してくれたかずし君に感謝したい。

市体協は、福岡市の中心地、中央区天神の福岡市役所北別館の二階にあった（現在は、スポーツ協会と名称を変更し、所在地も変わっている）。生まれて初めて、座れることなどまずない朝のラッシュアワーの電車通勤なるものを経験することになった。

市体協での勤務は、給料こそ少なかったものの、大変勉強になった。行政のしくみを理解することから始まり、行政職員の特性、さらには、行政におけるスポーツへの期待感等々を知る機会となった。

外郭団体である市体協の「親組織」は、教育委員会の社会体育課であった。隣の本庁舎の十一階にあった社会体育課には、ほぼ毎日のように出向いていたものだ。僕の職場は、社会体育課の課長を定年退職した事務局長、行政から出向されておられた事務局次長と事務吏員《りいん》、専従職員が二名、そして僕という人員構成であった。

僕の担当職務はといえば…、今にして思えば、何でもやらされていた。最も大きな仕事は、市体協が加盟団体（種目団体）とともに、全精力を傾けることになる「市民総合スポーツ大会」の運営業務であった。僕は、いきなり、総合開会式の運営担当となり、過去の事績ファイルを通読し、また、前年までの担当者に相談しつつ、業務に関わっていた。約一万人が参加する総合開会式のシナリオを、まさに「秒単位」で作成していかねばならない。「市長杯」であるために、失敗は絶対に許されない。嘱託職員であった僕は、残業手当等の類は一切出ない立場であったが、途中から使命感に燃えていた僕は、連日連夜の残業が続いていた。帰宅しても、仕事のことが頭から離れない。夜中に会場である平和台陸上競技場へと出向き、塀を乗り越えて、歩測で入場行進後の整列幅を確認し、「よーし、やっぱりOK！」と安心して家路につく、といったことが何度あったであろうか。「気分のメリハリ（スポーツ空間論）」を唱えた荒井先生に師事していた人間のやることとは思えない、まさに、モーレツなまでの「行政職員」になっていたものだ。今にして思えば懐かしい。

市体協では、行政職員の職務特性みたいなものにも接することになり、おおいに意気に感じながら実践していたものである。

事務所で事務局次長宛の電話が鳴る。次長が先方と話しをしている。電話を切るや、「津谷君、わかったろうが。行ってきんしゃい！」。僕は、「は?」と思いつつ、「どこに何をしに行けばよいのでしょうか?」と尋ねる。次長はこう言うのである。「あのな、自分の仕事だけに集中しとるだけでは、行政の仕事は務まらんと。電話も然り、接客時の会話内容も然り、話されているであろう内容を、それこそ耳をダンボにして聞いておかんとつまらん。その上で、自分から、すぐに資料を持って来たりだの、社会体育課行ってきますだの、さっと行動できるようにならんとつまらんくさ（だめだよ）」と言われていたものだ。そういえば、荒井先生もまた、ワイヤレス電話になってからは、わざわざ僕の机の横に来て話しをし、「というわけだ。聞こえたろ」と、よく言われていた。聞いていなかった、聞く必要性を感じていなかった当時の僕は、「すみません、聞いていませんでした」と応え、そのたびに「なんじゃいね！」と怒られていたものだ。

「親組織」である教育委員会社会体育課には、指導主事の先生がいらっしゃった。当時は、東浦先生という方であった。僕は、東浦先生から殊の外、可愛がってもらっていた。夕刻、電話が鳴り、「中学校回るから来い」とのこと、事務局長にその旨を伝えると、「行ってきんしゃい（きなさい）。直帰でいいぞ、東浦に言うとけ。おれのボトルがあったら飲んでよかぞって」。そのパターンが何度あったことか。中学校など回ることなく、中洲に直行というパターンの方が多かったな…。行政にもまた、「良い時代」があったということなのだろう。

研究者の道を諦めていなかった当時の僕は、「この仕事は貴重なフィールドワークの場なのかもしれない」との思いを抱き始めていた。なかでも、興味を抱いていたことの一つは、純粋な市職員と教員を基礎とし行政に関与している指導主事の間に存在している各種の意識差みたいなものであった。それはときとして、「指導主事の事務能力が低いけんくさ（からさあ）、かえって仕事が増えるばい」とか、逆に「行政の奴らは人を動かしきらんもんね。ほんなこつ（本当に）つまらんばい」といった、各種の言説に象徴的であった。そのような機会に接するたびに、僕は、「行政職員と指導主事（教員）間に存在するコンフリクト（「対立や抗争」といった意味）の構図」とでもいうべき、研究構想を、来たるべき日がいつになのかもわからない状態ながらも、研究ノートに記し続けていたものである。

今の僕は、研究の再開が視界にない状態である。だが、もしも、元の僕に戻れたならば、「スポーツ行政の社会学」の構築に専心してみたいと思っている。生計的には苦しい時期であったが、市体協での勤務期間は、前記した三名の親友たちとは異なる意味での「研究の基礎（力）」を僕なりに築くことができていたのかもしれない。

そんな、福岡での生活が五年目を迎えたとき、僕は結婚することになった。先にも書いたが、当時の僕の給料は薄給であり、月の手取りは十五〜十六万程度であったと思う。妻の失業保険（結婚を機に勤めていた職場を退職していた）と貯金、さらには、僕の勤め先の上司（事務局長）からの特別な計らいで出向させてもらっていた複数校の非常勤講師手当で何とか新婚生活を送っていたものだ。結婚しているのに定職に就けないでいる生活はストレスであったようにも思うが、若かりし頃の僕ら夫婦は、「そのうち、なんとかなるだろう」といった心持ちを、半ば無理やり共有していたように思う。

そして、来たるべきときが来た。忘れもしない、平成十二（二〇〇〇）年十月十四日土曜日の午後三時過ぎであった。僕が今、務めている職場の、当時の講座主任教授から電話が入り、「あなたを採用しますから、今後、四月までの期間、交通事故をはじめ、問題等が生じないようにしておいてください」なる報が届いたのである。夫婦で喜びに浸ったことを昨日のことのように思い出してしまう。

この採用人事、実は、すでに肺癌を患っておられた荒井先生が、わざわざ大分の地に足を運び、「本当に誠実に仕事をする男なんです。私のようなわがままで破天荒な人間の下でよく辛抱し、頑張ってきた人間です。人間は間違いありません。研究は間違いなく、この先、良い成果を残していけるはずです。何卒、前向きなご検討をいただければ幸甚に存じます」と、前出の講座主任教授のもとを訪ねて、「推薦という名の懇願」をしていただいていたことを、後日談として知ることになった。既に、永眠されている荒井先生に対しては、感謝しても、し尽せないほどの思いがずっとある。

思えば僕は、大学院二年目の頃から、都合十六回、大学ならびに高専の公募に応募してきた。十七回目の公募にして、ようやく、定職を得ることになったわけである。採用の連絡を受けた日のこと、僕は、風変わりなセレモニーをしたものである。それまでに応募してきた公募先から届いた不採用通知を十六通すべて保管していた僕は、採用が決まった日の晩、一人近くの公園に行き、マイルドセブン10㎎を吸いながら、一通ずつ、「決まりましたので」と心の中で囁《ささや》きながら、焼却するのであった。それはもう、十六回すべてがきれいな色の炎であった。きれいな炎だったのかもしれないが、今にして思えば、何とも「暗い」営みをしていたものだ…。

第八編

そして、今の僕は「てげ」と「てげてげ」でゆらいでいる…

p203
↓
p210

現在の職場で勤務し始めて早や二十年、いろいろなことがあったものだ。右に貼り付けてある写真は、県営のスポーツ公園内に設置してある、僕にとっては「特別な存在」の石碑である。

平成二十（二〇〇八）年に開催された国体（国民体育大会）の折、僕は、「式典運営部会長」なる大役を仰せつかることになった。

ある日の昼下がり、研究室の電話が鳴った。相手先は、県の国体局の職員であった。「御相談したいことがあるので、研究室に伺わせてください」とのこと、僕は快諾した。

翌日、県の国体局の職員三名が研究室に来られ、以下のようなやりとりをした。

国体局　「忙しいところすみません。先生、四年後に本県で国民体育大会（国体）が開催されることはご存知ですよね」

僕　「はい、もちろん承知しています」

国体局　「国体を開催するにあたっては、今後、三つの部会を設け、準備に取り掛かりたいと思っています。一つは『音楽部会』、一つは『（集団）演技部会』、そして、『式典運営部会』の三つです。『音楽部会』と『（集団）演技部会』の長は既に決定しています。『（集団）演技部会』長は、お隣の研究室の阿南先生です」

僕　「あー、そうなんですか」

国体局　「つきましては、『式典運営部会』長にぜひとも津谷先生にご就任をいただきたく本日は御相談にまいりました」

僕　「ちょっと待ってください。僕は競技者時代、一度も国体に出場したことがありません。正直、観に行ったことも、あ、小学校四年生のときの宮崎国体だけ

国体局　しかないです。しかし、そのときも開閉会式は観に行っていません」
国体局　「いやいや、国体に出場しているとか、していないとか、そんなことはどうでもいいんです。先生は福岡市体協時代に、市民総合スポーツ大会の運営を一人で成功させておられるでしょ。福岡市の職員から聞いています」

なんともまあ、行政のネットワークは凄まじいものがあるなあ、と感心というより、少々呆れたことを思い出してしまう…。

国体局　「どうでしょうか。ぜひお願い致します」
僕　「いや、僕では無理ですよ。歳もまだ三十歳代ですよ。もっと他に適任の方は多数いらっしゃると思うのですが…」

すると、同席されておられたお一人が言うのである。その方は教育委員会から国体局に出向していた指導主事（元職は高校の保健体育教師）であった。

指導主事　「だから、先生が適任なのです。正直に申せば、国体のことを熟知しておられる大御所の先生は何人かおられるにはおられます。しかし、そのような方々の国体観とでも申しましょうか、価値観は固まっておられるわけで、先生のような若くて、なおかつ、失礼かもしれませんが、国体に出場した経験のない方のご発想をもって、新しい国体の式典のあり方をともに考えていきたいと思っているのです。何卒よろしくお願いします」

僕　「…。国体のことなんかまったく知らないし…」

指導主事「今年の国体から一緒に行きましょう。本番までに三回観戦できます。それで十分、国体とはいかなる大会なのか、ご理解いただけるはずです」

僕　「一つだけお聴きします。三つの部会があることはわかりました。その三つを統括する方はどなたなのですか?」

国体局「臼杵市のご出身で、現在は俳優、そして映画監督をされている塩屋俊さんにお願いすることになっています」

僕　「…、やっぱり私では力不足ですよ…」

指導主事「先生、同じ体育教師として、ともに成功させましょうよ!」

その言葉は僕の心に響いた。

僕　「承知しました。お引き受け致します」

式典運営部会の会議や視察は、本番の三年前から本格的に始まった。僕は、岡山国体、兵庫国体、秋田国体を視察し、兵庫国体では、生まれて初めて、役員・選手団の一員として開会式の入場行進を経験することになった（本心をいえば、後ろの宮崎県役員・選手団として行進したかったわけだが…）。フィールド内に整列後、「若い力」を合唱したときは、これまた不覚にも涙が出たものである。あの歌は、間違いなく、スポーツパーソンの多くの心に響く歌の一つだと思う。それとも、既に「若くはなかった」僕だからこそ、泣けてしまったのだろうか…。それに、会議や視察のたびに、塩屋さんともご一緒できた。塩屋さんは気さくな方で、「津谷さん、誰か会ってみたい芸能人いる？　東京においで。会わせてあげるから」と言ってくれたことがあった。僕は、「まつだせい…、いや、役所広司さんにお会いしてみたいです。いろいろとお話しをお聴きしてみたいです」と応えた。塩屋さんからは、「じゃあ、国体終わったら機会をつくってあげるよ。それまで頑張ろうね」と言ってくれていた。

　しかしながら、役所広司さんとの面会は叶わずに終わってしまう。塩屋さんは国体終了後、体調を崩され、平成二十五（二〇一三）年に逝去されてしまうのである。思えば、式典運営部会をはじめとした数々の会議に出席しておられた当時から、塩屋さんは、すでに体調不良の状態にあったのであろう。故郷大分のために病体に鞭《むち》打って、式典総合演出家の大役をお引き受けになられていたのであろう。頭が下がる思いである。

　式典部会では、協議および決定すべき事案がやまほど存在していたが、最も議論が白熱した内容は、最終の「炬火の点火」方法であった。国体をはじめとした大規模スポーツイベントには、大手広告代理店（そのときの国体は「D通」、いや、ほとんどの国体がそうであるようだが）が介入し、部会と役所は、そこ（D通）が提示してくる案を「もらう」という方式が先催県における慣例であったらしい。しかし、僕は、頑としてその方式に抵抗し続けた。そして、何度も何度も議論を繰り返し、僕と指導主事の五島先生とで描いてきた案が採択されることになった。というよりも、最後は、塩屋さんを口説き落とし、「式典総合演出家決裁事項」にもっていき、決定に至った、というのが正直なところなのだが。

写真の石碑には、国体翌年の皇居での「歌会始の儀」で、当時の天皇陛下（現在の上皇陛下）が御詠《よ》みになられた句が刻まれている。国体に関する句を天皇陛下が歌会始で詠まれたことは、後にも先にもこのときだけだったそうだ。

「過ぎし日の　国体の選手　入り来たり　火は受け継がる　若人の手に」

二巡目の国体であったこともあり、一巡目国体に参加された元選手から二巡目国体参加選手に炬火のリレーをし、「スポーツによる世代交代と更なる飛躍」をコンセプトにしたものであった。それを、当時の天皇陛下が御気に留めていただいたわけである。

僕ら式典運営部会が考えに考え抜いた炬火リレーのことを、当時の天皇陛下が御詠みいただだいたことに接し、万感の思いになったことを昨日のことのように思い出してしまう。

この石碑がお披露目になった日のこと、四年間弱の期間、まさしく苦楽をともにしてきた指導主事の五島先生と固い握手を交わしたことが忘れられない。この石碑の存在と詠まれている句の内容が、聊《いささ》かながらも僕に纏わるものであることは、これまで妻と数名の人にしか伝えてこなかった。

試合や練習の折、この石碑を眺めるたびに、あの頃を思い出すし、誇らしく、また、ご褒美をもらえたような心持ちになってしまう。僕にとっての七つ目の《生まれてきてよかったなあ》は、まさしく、この「石碑」の存在に他ならない。

6

エピローグ

これからの僕は
どこにむかうのだろうか…

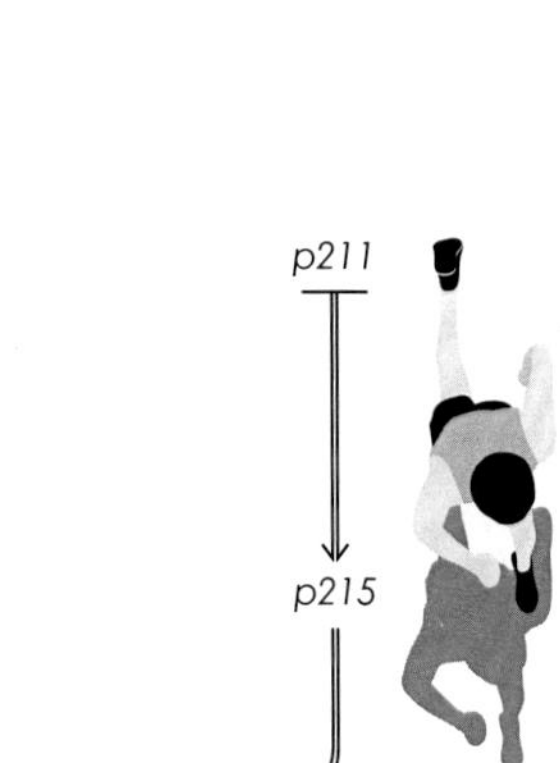

平成十八（二〇〇六）年十一月二十二日、僕にとっての最も偉大な恩師であった荒井貞光先生がお亡くなりになった。忘れもしない、筑波での学会の折、その報に接した。僕は、学会なんぞどうでもよくなってしまい、なぜだか、東京へと向かい、柴又の帝釈天参道をブラブラと歩き、江戸川の河川敷で座ったまま、ぼーっと遠くを眺めていた。無意識のうちに、寅さんが何度も行き来したであろう地に足が向かわせたのかもしれない。携帯電話が鳴る。「後輩筋」にあたる大場君からであった。「今、どこにおられますか？」、「東京は柴又よ」と応えた。「ちょっと、西山先生に替わりますので」とのこと。「西山先生かよ、面倒くせえなあ…」と思ったものだ。「荒井君が亡くなりましたよ」と先生。「はい、知っています」。その後、西山先生は、如何にも西山先生らしい言葉を発せられた。「荒井君はね、やり残したことがいっぱいあるんだろうなあ、君も死んだらどうだ？　あっちに行って、荒井君といろいろな話しをするといいんだなあ。それがいいですよ」。僕は、「はい、死んでもいいと思っていますよ。失礼します」と言って、一方的に電話を切った。とにかくそのときは、一人でぼーっとしておきたかった。「憧れの存在」でもある寅さんゆかりの地で…。

僕は、荒井先生がお亡くなりになった日を境に、「小説」の類を一切、とまでは言えないな、できるだけ読まないように努めてきた。今こそ、その理由を書こう。

生前、荒井先生は事あるごとに、「おれは、そのうち直木賞取るんじゃけえ！」と言っていたものである。殊更にお酒が入ると、そのフレーズは、勢いを増し、「論文なんてどうでもええんじゃ！学位（博士号）取るより、笑いとれ！　ってんだよ！」ともよく言っていたものである。

僕が小説の類を読まないようにしてきた理由は、「荒井先生の代わりにおれが直木賞をとってやる！」と決意したからに他ならない。要は、数多ある小説、なかでも、直木賞や芥川賞を受賞した作品に接することで、来たるべき日、つまりは、僕が小説を書くことになったときのバイアス（心の偏り）や無意識的な文章表現等の真似が生じることがないようにしたい、との思いでそうしてきたわけだ。

そして、今まさに、そのときが来たわけである。期せずして、僕はうつ病になった。そして、僕は、自叙伝小説もどきの文章を書くことになった。いずれの作家の作風とも異なると思っている、僕独自の「作風」を以って執筆してきたつもりである。今の僕を取りまく状況――うつ病となり、本書を執筆するに至った実際は、荒井先生による「お導き」であったのかもしれない。いや、きっとそうなのであろう。荒井先生は、今の僕に対して、あの世から、「今こそ書いてみてごらんよ」と誘《いざな》ってくれたように思えてならない。

本書においては、【なぜ、僕という人間はうつ病になったのか】という問いとともに、《生まれてきてよかったなあ》と思える事柄を僕自身のライフヒストリーの中から見出そうとしてきた。結果は、なんと、両者ともに七つずつとなった。決して意図して同数にしようとしたわけではない。芥川賞作家の又吉直樹さんの言葉を拝借すれば、僕は、本書を「書きながら書く」というスタンスで書いてきた。要は、思い着くままに、書きたいことを書き綴ってきた。特段の落としどころも考えていなかったし。

【なぜ、僕という人間はうつ病になったのか】と《生まれてきてよかったなあ》の数が同じという実際は何を意味しているのであろうか。

うつ病になり、また、てげ、てげてげな僕は、こらぼくじゃの境遇にいる、といえばそうなのかもしれない。もしかしたら、全然、そうではないのかもしれない。僕自身のライフヒストリーを振り返りつつ、今をみつめようときたわけであるが、いくつもの、とは言わないが、いくつか（七つ）の《生まれてきてよかったなあ》と思える出来事が厳《げん》として存在しているではないか。

これから先の人生においてもまた、《生まれてきてよかったなあ》と思えることが必ずやあるのであろう。そう信じねばならないのだと思う。そうすることによって、僕のうつ病は快方へと向かうのであろうし、さらには、うつ病になってしまうパーソナリティ（性質や性格）もまた、変容を遂げていくに違いない。

「盟友」であるかずし君がよく言ってくれる、「孤独に耐える」人間に僕はならねばならないと思うし、また、「孤高《ここう》の人」になり得たい。本心からそう思う、今の僕がいる。
外が薄ら明るくなってきたなあ。まもなく日が昇ってこよう。今日もまた、愛犬モクの散歩に出かけることにしよう。

終わり

本書は、限りなくノンフィクションに近い物語であるものの、フィクション的内容も少なからず挿入されていることを付記しておきます。

てげ、てげてげ　こらぼくじゃ
――うつ病になったある大学教員のライフヒストリー――

2021年6月1日　初版発行

著　者　津谷 玄裕
発行所　学術研究出版
〒670-0933　兵庫県姫路市平野町62
［販売］Tel.079(280)2727　Fax.079(244)1482
［制作］Tel.079(222)5372
https://arpub.jp
印刷所　小野高速印刷株式会社
〒870-0933　大分県大分市松原町2-1-6

ISBN978-4-910415-57-4